梅蒂亞轉生物語 4

門扉彼端的魔法師 中

友麻碧

輕文學
Light Literature

Contents

Characters

瑪琪雅・歐蒂利爾

出身自〈紅之魔女〉後裔「歐蒂利爾」家的魔法師。

使魔

咚塔那提斯（咚助）

波波羅亞庫塔司（波波太郎）

托爾・比格列茲

王宮騎士團的魔法騎士。原為瑪琪亞的騎士，目前成為救世主的守護者。

「救世主」與其「守護者」／路斯奇亞王國

愛理

來自異世界的「救世主」少女。

萊歐涅爾・法布雷

救世主的守護者之一。在王宮騎士團擔任副團長。

吉爾伯特・迪克・羅伊・路斯奇亞

救世主的守護者之一。路斯奇亞王國的三王子。

尤金・巴契斯特

路斯奇亞王宮內的首席魔法師。元素魔法學的第一把交椅。

梵斐爾教國

耶司嘉

梵斐爾教之主教，負責監視瑪琪雅。

盧內．路斯奇亞魔法學校

勒碧絲・特瓦伊萊特

瑪琪雅的室友。來自福萊吉爾皇國的留學生。

尼洛・帕海貝爾

瑪琪雅的同學。以榜首身分考進魔法學校的天才。

弗雷・勒維

尼洛的室友。比同學們年長一歲的留級生。

貝亞特麗切・阿斯塔

與瑪琪雅同班的貴族千金。王宮魔法院院長的孫女。

丹・賀蘭多

瑪琪雅的同學。出身自王都孤兒院。

尤里・尤利西斯・勒・路斯奇亞

盧內．路斯奇亞魔法學校的精靈魔法學專任教師。路斯奇亞王國的二王子。

福萊吉爾皇國

夏特瑪・米蕾雅・福萊吉爾

福萊吉爾皇國的女王。以被譽為聖女的古代魔法師「藤姬」自居。

卡農・帕海貝爾

福萊吉爾皇國的將軍，被稱為「死神」。面貌神似在瑪琪雅前世殺害她的男子。

Map & Realms

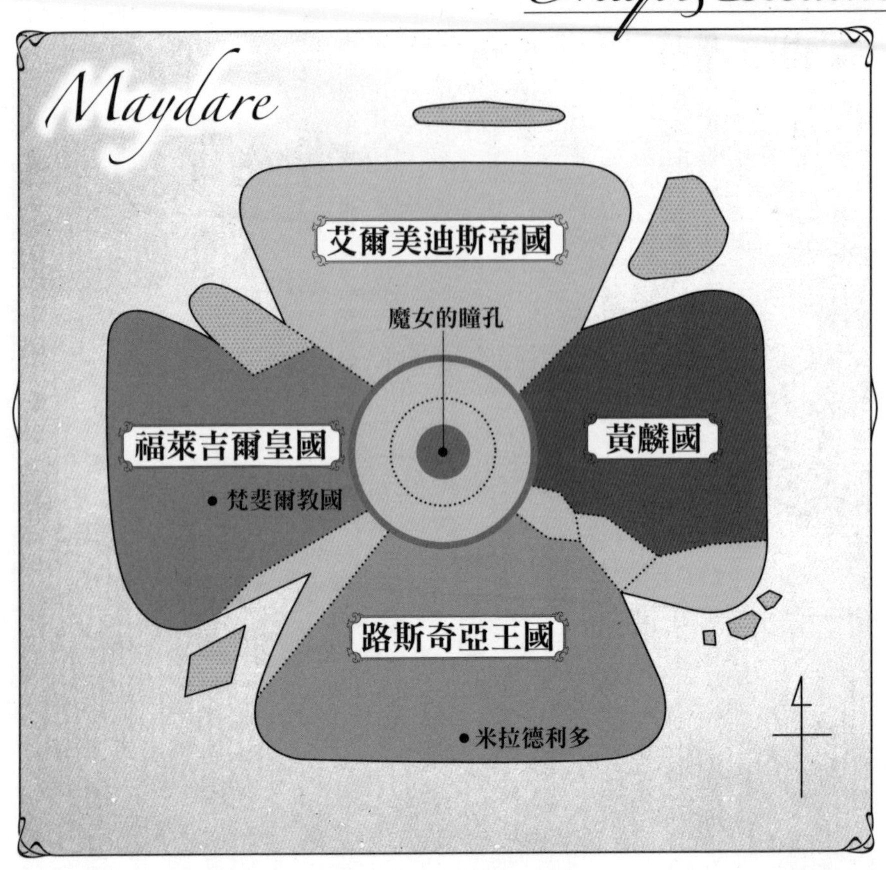

路斯奇亞王國
蘊藏豐富古代魔力的南方大國。瑪琪雅的家鄉德里亞領地也位於其中。

福萊吉爾皇國
現代化魔法技術發展蓬勃的西方大國。與路斯奇亞王國互為友邦。

艾爾美迪斯帝國
採行獨裁統治的北方大國。正在策動征服梅蒂亞的侵略戰爭。

黃麟國
充滿謎團的神祕東方大國。擁有獨樹一格的東洋文化。

梵斐爾教國
梵斐爾教派的總部，座落於福萊吉爾皇國境內。

米拉德利多
路斯奇亞王國的王都。盧內·路斯奇亞魔法學校也位於其境內。

魔女的瞳孔
位於世界中央的巨洞。

Keywords

梅蒂亞

由眾多偉大魔法師寫下歷史的這個世界之代稱。

魔法大戰

由「紅之魔女」、「黑之魔王」與「白之賢者」三人於五百年前引發的戰爭。其中「紅之魔女」殺害了勇者，以「世上最邪惡魔女」之惡名流傳後世。

托涅利寇的勇者

四位志同道合之士攜手打敗三位魔法師，為魔法大戰畫下句點的歷史性人物。其偉大事蹟被改編為各種童話與繪本，成為人們耳熟能詳的故事。

救世主傳說

流傳於路斯奇亞王國內的傳說——每當梅蒂亞遭逢危機之時，傳達福音的流星群將會從異世界召喚「救世主」降臨，拯救世界。據說托涅利寇的勇者也是其中一例。

四芒星紋章

救世主傳說中四位志同道合「守護者」的身分象徵。在救世主降臨時，此印記將會烙印於天選之人身上。

梵斐爾教

梅蒂亞中最古老且最主流的宗教信仰。信奉著世界樹「梵比羅弗斯」。

盧內・路斯奇亞魔法學校

據說是由遠古魔法師「白之賢者」所創立的教育機構。

魔力屬性與天賦寵兒

構築這個世界的魔力主要可分類為【火】、構築這個世界的魔力主要可分類為【火】、【水】、【冰】、【地】、【草】、【風】、【雷】、【音】、【光】、【闇】。另外，富含各屬性天賦之人則被稱為「寵兒」，具備了精靈加護與特異體質等能力。

精靈、使魔

存在於這世界中的魔力具現化之物。棲宿於動物、植物或自然之中的神祕力量之具體呈現。藉由召喚精靈本體並締結契約，便可將其降伏為使魔來役使。

我的名字是托爾。

在五年前的卡爾泰德黑市——那天、那時、那個地點。

我遇見小姐，她拯救我脫離奴隸的身分，賦予我托爾這個名字。

接著，我捨棄了在這之前的自己。

不僅本名，被雙親賣掉的過去，為了存活無所不作的奴隸時代那個醜陋、汙穢的自己，全部。

這是個絕佳機會。就讓我稍微誆騙這個不食人間煙火的貴族千金，好好巴結歐蒂利爾家，從底端往上爬吧。

我是毒，這張臉、身體、聲音，全都是充滿虛偽的甜蜜黑色毒素。

我絕非善類，一肚子全是扭曲黑水。

我從以前就特別得要領，只要稍微努力，什麼都能輕鬆辦到。

無論魔法或劍術。

就連身為貴族關係者該有的言行舉止也是小事一樁。

所以我只為了自己，將在歐蒂利爾家學習的事情一滴不漏地吸收，牢牢烙印在自己身上。

但是，買下我的瑪琪雅·歐蒂利爾小姐，是更甚於我的強烈猛藥。

那甚至中和了我的毒性，將我的毒徹底清除。

她總是把我帶在身旁，總是「托爾、托爾」的，用她為我取的名字喊我。

不停告訴我，我自己的可能性。從一開始就毫不懷疑地認同我的存在、我的魔法才華。

我也喚她「小姐」，一開始其實是抱著諷刺的感覺這麼喊，但小姐說，她不討厭我這麼喊她。

將我們繫在一起的，是魔法。

學習魔法，彼此競爭，互相努力。

小姐就算不需要那麼努力，她也早已注定有個身為魔女的未來了，但她總之是個無時無刻拚盡全力努力的人。

大膽又細膩，重情義，是個愛哭鬼……

看著這樣的小姐，我心中的野心，扭曲變形的毒素一點一滴被溶解。

小姐為什麼能如此努力呢？

小姐為什麼要這樣緊追著我不放呢？

小姐為什麼要讓我待在她身邊呢？

她是如此需要我，如此地珍惜我嗎……

在德里亞領地與她共度的安穩時光中，我總是抱著這些疑問。
因為我這個人，原本只是區區奴隸啊。
不知是因為外表，還是因為我稀奇的眼珠顏色。
只喜歡我的臉，想要讓我隨侍一旁的人多如星子，但看見我的魔法才華，領著我走到太陽底下的人，這世界上只有一個。
這位人物，儘管是這世上最邪惡魔女的後裔，卻比任何人來得單純、專一，是個直率過頭的女孩。
所以我，在自己也沒發現時失去所有毒性，開始祈願著可以永遠待在這位人物身邊。
希望永遠為她所需。
就算小姐與哪家貴族的次男訂下婚約，或是愛上在魔法學校中認識的男同學，就算她和我以外的男人共結連理。

『那非得是哪個人家的次男嗎？不可以是托爾嗎？』

但是，小姐想要我，希望我可以成為她的家人。
那時感受到的衝擊以及胸中的激動，我大概一輩子不會忘記。
歐蒂利爾家的老爺，似乎也打算招贅我成為瑪琪雅小姐的婿養子。

我很慌張，秒速拒絕。

理由很單純，因為不能讓我這樣的人繼續侵蝕歐蒂利爾家。

特別是當小姐的夫婿更是荒謬絕倫，我連丁點資格也沒有。

我理解自己的毒，我還記得自己的汙穢。

更重要的是，小姐雖然喜歡我，但那並非真正的戀情。小姐是在溫室長大的千金，沒接觸過我以外的同齡異性。

如果我如當初，還有想要往上爬的野心，這好事會讓我露出邪笑，二話不說立刻答應。

但歐蒂利爾家，已經變成我最重要的容身之處了。

小姐是我在這世界最重要的人。

如果將來哪天我接受成為歐蒂利爾家婿養子，那肯定是我清算完自身的汙穢，認為自己已經夠格之時吧。以及知道世界上有多寬廣的小姐，即使如此仍願意選擇我之時。

如果並非如此，無論有多渴望，我自己都不願准許。

能站在將來要成為魔女男爵的小姐身邊的人，不能只是個爬上高處的奴隸。

這只會更加貶低原本就惡名昭彰的歐蒂利爾家地位。

我不能祈望這種不知天高地厚的事情。

不能祈望……不能想要小姐。

接著，那個流星雨之夜。

我的胸口出現紋章。

在我痛苦呻吟，小姐的聲音逐漸變遠中，心臟像被鎖鏈綑綁，一種奇怪的束縛感朝我襲來。

救世主降臨，以及守護者擇選。

到底是誰，把這棘手的機制放進這個世界當中的。

命運或宿命什麼的，坦白說了根本無所謂，不需要那種東西。

即使如此，梅蒂亞的救世主傳說確實存在，而我被選為那個聽說來自異世界的救世主的守護者。

一開始，我拒絕接受這個使命。

這原本之於我是至高無上的光榮之事，但我終究無法離開對我諸多照顧的歐蒂利爾家，去向陌生的異世界之人宣誓效忠。但是……

『如果你拒絕這個使命，歐蒂利爾家的人或許會因此遭受王宮懲處。這就是如此嚴重的事情。』

比格列茲公爵在我耳邊如此低語。

那個狡猾的老頭子，很清楚只要對我這樣說，我就無法拒絕。

——無法從命運中逃脫。

所以我，那天，那個瞬間，在心裡下了決定。

『老爺。在我成為守護者，做出一番成果之後，您願意再次接納我成為歐蒂利爾家的一員嗎？』

能再給我一次留在小姐身邊的機會嗎？

我如此詢問歐蒂利爾老爺。

離開小姐身邊很痛苦。但是，不管需要多少時間，我都要成為夠資格當歐蒂利爾家婿養子的人，再次回到那個歐蒂利爾家。

『……這是當然，托爾。你是歐蒂利爾家的一員，你該回的家就在德里亞領地，就在我和瑪琪雅身邊。我們會永遠等你。』

歐蒂利爾老爺的這番話，現在仍深深烙印在我胸膛。

那位大人儘管是貴族，卻從不曾歧視像我這樣的奴隸，只是很單純地認同我的努力與能力。他大概，真的把我當成自己的孩子般重視。

所以，我乖乖接受了守護者的使命。

當我結束使命回來時，小姐身邊或許已經有了其他男人。更應該說，發生這件事的可能性極高。

一想到這裡，至今未曾感受過的絕望與沮喪朝我襲來，我身體裡的毒就快要再度外洩，注滿容器溢流出來了，但我緊咬牙關努力忍耐。

我要以守護者的身分拿出成果來。

我相信，這肯定是對歐蒂利爾家最大的報恩。

進入王宮騎士團之後，我偶爾會遙望德里亞領地方向的天空思考。

小姐，現在正在做些什麼呢……

自從成為愛理大人的下屬後，正因為無法見面，我滿腦子都想著小姐。

愛理大人，是個和小姐完全相反的女孩。

來自異世界的特別少女。

個性親人，擁有光彩炫目的能力，就連毫無脈絡的言行舉止，看在周遭人眼中都充滿神祕感。

正可謂是所有人都期待的，理想中的救世主。

只不過，我從愛理大人身上感受到有點不同的東西。

她外表看起來開朗、散發光芒，但她的內心某處相當脆弱，就如同易碎的玻璃工藝品。

沒錯，有種……深藏著與我類似，暗沉的黑影。

突然從異世界被召喚到這裡，被迫背負救世主這沉重的使命，但她卻仍擁有自覺而努力奮鬥，我也對這樣的愛理大人很是佩服。

心裡想著，我得要好好保護她才行。即使其中沒有超越工作以上的熱切忠誠心。

這絕對不是愛理大人的錯，但是，我……

不管怎樣，都無法忘記對瑪琪雅小姐的心意，忠誠心。

至今，我曾經有過許多「主人」，只有她，我無法忘記。

夢想著將來如果有了戰功，能夠抬頭挺胸回到歐蒂利爾家的那天，我持續掛著守護者的面具。

『這樣啊，你以前是德里亞領地男爵千金的騎士啊？原來酷酷的托爾也有宣示效忠的公主呀。』

『……與其說公主，應該說是大膽無懼的魔女千金吧。』

『啊哈哈，對你來說的公主是魔女千金，還真是有趣呢。』

我和王宮騎士團的萊歐涅爾副團長，不管是身為守護者，或是上司與下屬，我們常一起工作，所以稍微提過小姐的話題。

『其實我有個約定要結婚的青梅竹馬戀人。我被選為守護者時，她說她會一直等我，但她的雙親反對。這也是當然。我可是個不知何時能卸下任務的男人。她為了雙親，似乎就快要和其他男人結婚了。我不久前，才從老家那的朋友聽說這件事……』

總是很堅強，不讓人看見軟弱一面的萊歐涅爾副團長，提到這件事情時，縮起肩膀，看起來很難過。

守護者，身心都只為了救世主存在。

但是，割捨在那之前建立起的各種羈絆，懷抱著傷痛的人們，沒法真心對待突然出現的救世主。即使有辦法為了自己的任務而做，但也僅此而已。

我常常感受到，王宮的人們，甚至是愛理大人也搞錯這一點的不協調感。

接著，在我離開歐蒂利爾家兩年後。

超乎我的想像，我和小姐更早重逢了。

夏日舞會那晚，變得成熟的小姐出現在我面前。

我絕對不可能錯認那如烈火燃燒般的紅髮。

但是，小姐就像要逃離我身邊一般跑出大廳。

我也拚命奔跑，追上逃跑的小姐。途中撿起小姐掉落的鞋子，在玫瑰園中抓到小姐。我拚盡全力，絕對不願讓她逃開。

『托爾，聽我說，我……是為了見你才來到這裡。』

她說，她為了要見我而努力。淚水在她海洋藍的大眼中閃耀。愛哭鬼這點仍然沒變。

但是，啊啊……她怎麼長成如此美麗、楚楚可憐的淑女了啊。

我的胸口一陣緊縮，那個瞬間，一直被我隱埋在胸中的黑色東西探出頭來。

名為「欲望」的黑色東西。

小姐為了找我而來到這裡的事實，超越我想像的還要令我開心。

與之同時，守護者的面具也開始一點一滴碎裂、崩落。

明明在此之前毫無差池地完美偽裝啊，只是站在小姐面前，連偽裝都變得困難。我忍耐了兩年的心意破裂開，無從阻止的情緒不停湧出。

另一方面，小姐確實從我身邊獨立了。

在沒有我的時間裡，成為一位強壯堅韌的女性。

我無法忘記舞會那晚。小姐施展出祖先「紅之魔女」那令人驚訝的魔法，保護了我和愛理大人，以及參與舞會的所有人。

那時的小姐，是我陌生的小姐。

我不在身邊的這段時間，小姐身上到底發生了什麼事？

小姐確實在魔法學校這個環境中，得到了朋友、競爭對手等其他人際關係，建立起全新的世界。

我偶爾會坐在精靈古里敏德的背上，從上空巡視盧內・路斯奇亞，每次找到小姐時，她總是和小組成員待在一起，滿臉笑容，看起來很開心。

小姐的這幅模樣讓我安心的同時，也讓我感到些許焦躁。

再這樣下去，總有一天。

將來有天，小姐或許會不再需要我吧。

即使我不在，小姐仍然過得很好。

有朋友也有競爭對手，在魔法學校這個環境中，和我以外的其他人共度，努力著。反而可說沒有我這般的存在，她才能與同列的人們用相同速度培育自己的力量。

我知道小姐現在仍舊非常重視我。

但似乎只有我，想要找回我過去的一席之地，想找回我們之間的關係。

我以為我只要努力當個守護者，將來有天就能再度如同以往，重新站在小姐身邊。以為還能像過去一樣，每天聽她喊我托爾……

但是，小姐已經遠遠走在前方了，彷彿根本不期待這種事情。

她達成見到我的目標後，已經開始往前邁進了。

而且話說回來，我到底了解小姐什麼？

那時，在迪莫大教堂，小姐告訴愛理大人。

自己的「前世」。

不僅如此，彷彿看準了時機，那個男人出現在小姐面前。

——卡農・帕海貝爾將軍。

聽說在前世殺害小姐的金髮男子，對那個男人的恐懼，竟然讓小姐那般畏怯。

那男人到底是何來歷？

那雙彷彿見過無數死亡，帶著深不可測光芒的紅色雙瞳。

而且小姐的前世到底是怎麼一回事？如果那男人在異世界殺了小姐，為什麼現在會在福萊吉爾女王麾下當一名將軍呢？

為什麼那傢伙要再度出現在小姐面前？

難不成小姐身上有著連小姐也不知情的「祕密」嗎？

紅之魔女的後裔——來自異世界的轉生者——愛哭鬼的瑪琪雅小姐……

到底是哪個要素折磨著她呢？

還是說，難不成這些全部都被什麼看不見的絲線串在一起嗎？

當世間為救世主少女愛理大人痴狂時，在其背後……

有什麼事情正悄悄地、莊嚴地開始轉動。

舉例來說，如同青之丑角想要挖角小姐到帝國去，小姐除了守護者身分之外，是不是還有其他什麼重要的身分？

不管小姐是何等人物，對我來說都是最特別的人，現在仍舊是小姐。

如果有人會危害小姐，無論那是敵國的魔法師，亦或是友盟國的重要大臣，我絕對不可能放過。

為了守護小姐，我得要全盤了解那些糾纏小姐的異常預感般的東西。

所以我去找被譽為路斯奇亞王國最強魔法師的尤利西斯殿下商量。

『原來如此，你想要更強大的力量啊。那你就確實將現在正在學習的「祕術」學好吧，你肯定有使用空間魔法的資質。』

尤利西斯殿下命令我學習某種魔法。

不知為何，尤利西斯殿下相信我擁有使用「空間魔法」的資質。

聽說有個靠空間魔法營生，名為「特瓦伊萊特」的一族人，我似乎有著與那族人相似的特徵。

黑髮、紫羅蘭色的眼睛，以及強大的魔力——

尤利西斯老師該不會認為我擁有特瓦伊萊特的血統吧？聽說特瓦伊萊特一族，是三大魔法師之一的「黑之魔王」的後裔……

這太不尋常。我確實出生於福萊吉爾皇國的貧民窟，身分低下。

怎麼可能與如此崇高的魔法一族有血緣關係。

但指導我空間魔法的勒碧絲・特瓦伊萊特老師，確實與我有相似的特徵，也帶著令我感到懷念的氛圍，尤利西斯老師會如此認為也不奇怪。

融合空間魔法與鍊金術的特瓦伊萊特的「祕術」。

這個魔法簡直要累死人了，但我相信這將來絕對會成為保護小姐的力量，苦撐過勒碧絲老師的斯巴達教育，努力著。

勒碧絲老師在盧內・路斯奇亞魔法學校裡是小姐的室友。

雖然她話不多，但偶爾會對我提到小姐的話題。她們似乎建立起親密的友誼，她提到小姐時會露出溫和的表情，但只要一開始空間魔法的修行，立刻變得嚴厲，這就是勒碧絲老師。我在修行中昏倒過好幾次。

而不知為何，在施展這個祕術後昏倒時，我絕對都會做相同一個夢。

聳立在雪山上的城堡的夢。

城堡尖端有隻龍。

那是古里敏德嗎……？

不，牠雖然和古里敏德長得很像，卻是比牠體型更巨大的野生龍。

城堡另一側——

穿著黑色斗篷的男人，就佇立在積雪的山丘上。

龍展翅高飛，在黑色斗篷男人面前降落，低下頭。

那個男人，是誰？

男人轉過來看我，說了些什麼。

但是，沒錯，我總會在此時醒過來。

那男人的台詞，絕對都是「回去，這裡不是你該來的地方」。

○

在禁止與愛理大人接觸的這段時間內，我拚命地努力學習祕術。

這段時間，吉爾伯特王子和弗雷王子大吵一架，我和小姐一起幫忙解決，但愛理大人仍舊把自己關在房裡。

小姐的告白，似乎帶給愛理大人極大打擊，再這樣下去，她或許沒有辦法達成身為救世主的使命。

我大概沒有辦法拯救愛理大人。

尤金・巴契斯特閣下的那件事情讓我覺得，忠誠心終究需要培養，沒辦法因為星選宿命而莫名冒出來。

如果愛理大人沒辦法面對這個世界以及小姐，她大概就沒有辦法找到真正為她著想的人吧……

就在這之中，下起第一場雪的那天。

愛理大人從王宮失蹤了。

考慮到她可能遭不明人士綁架，我到魔法學校的工房找小姐，一起去找愛理大人……但出乎意料之外，馬上就找到她了。

會這樣說，是小姐小組成員的老鷹精靈來告訴我們愛理大人在哪裡。

愛理大人似乎就在小姐她們小組平時常待的玻璃瓶工房中，我們坐上古里敏德的背，回到工房去。

愛理大人正在溫暖工房的沙發上沉睡。

「愛理，還好嗎？」

「愛理大人、愛理大人。」

小姐和我輕輕搖晃她試圖喚醒她，但愛理大人沒有醒來。

「瑪琪雅對不起，她把瑪琪雅藏起來的白米全部吃光了。」

據待在工房內的男同學尼洛・帕海貝爾所說，愛理大人用白米填飽肚子後，就自行在這邊睡著了。

雖然很擔心，但看來她似乎只是真的熟睡了而已。

「小姐，我帶愛理大人回去王宮。」

「好，拜託你了，托爾。」

我抱起愛理大人，走出玻璃瓶工房。

走到沙灘邊，坐上等在那邊的古里敏德的背上時——

「托爾。」

愛理大人小聲喊我的名字。

「愛理大人，您醒過來了啊。」

「……嗯。」

雖然才剛睡醒，但她的眼神感覺相當清醒。

該不會，她其實不久前已經醒來了吧。

「嗳，托爾……你什麼都不記得，對吧。」

「咦……？」

是在說什麼啊？

我無法理解愛理大人這句話的意思，什麼也答不出來，

「嗳，托爾，你喜歡瑪琪雅嗎？」

愛理大人問了另一個問題，直直盯著我看。

我不知道她問這問題的理由，但是——

「是的，小姐是我在這世上最重要的人。我知道，我這是不知天高地厚的……愛意。」

我毫無虛假地回答。

這或許是我第一次把這份心意說出口。

但是，我應該要更早對愛理大人表明才對。

「……這樣啊，那你要快點告訴瑪琪雅比較好。在我『和那時一樣』笨蛋雞婆多管閒事之前。」

愛理大人沒有生氣，沒有傻眼，也沒有悲傷，只是淡淡陳述一句充滿謎團的話。

接著看向遙遠大海彼端，眼睛閃耀著有力的光芒。

感覺圍繞在愛理大人身邊的氛圍，稍微改變了。

第一話 期末考（上）～獎學生候補人選們～

愛理從王宮失蹤的那天。

我，瑪琪雅・歐蒂利爾也在王都大街小巷來回穿梭……

但在傍晚，同學尼洛的精靈芙嘉飛到我身邊來，通知我愛理就在魔法學校的玻璃瓶工房裡。

雖然滿腦子疑問她為什麼會在那裡，我和托爾還是急忙回去盧內・路斯奇亞。

「真的耶，愛理在這裡……」

愛理就橫躺在我們石榴石第九小組成員平常休息的沙發上沉睡。

嚇死人也有個限度啊。

但平安無事找到救世主少女，讓我們鬆了一口氣。

「非常感謝您收留了愛理大人。」

「……沒有，她只是不知何時就出現在這裡了而已。」

托爾禮節周到地向尼洛道謝，尼洛回以一如往常不冷不熱的回應。而我一臉新鮮地看著這兩人對話。

托爾說著吉爾伯特王子和萊歐涅爾副團長應該很擔心，便抱起愛理走出工房，立刻帶她回王宮去。

愛理不知道是不是哭過，眼睛腫腫的，但她的表情相當安詳。

聽尼洛說，愛理似乎是為了見我來到這裡。

接著在這裡捏了「酸梅和美乃滋鮪魚」的飯糰，把煮好的飯全部吃光了……

「美乃滋鮪魚啊。」

我再次重新思考愛理留下的字條的意義。

愛理肯定是想要試探我身為小田一華時的記憶吧。

這是讓我們成為朋友的契機，是我們最喜歡的「飯糰餡料」。

「嘰嘰嘰嘰〜〜嘰〜〜」

隔天早上，我疲憊地在宿舍房裡沉睡時，被藍色鬼火魔物威爾・奧・唯普斯超級刺耳的尖叫聲吵醒。

「停、停下來，你會把勒碧絲吵醒啦！」

我最近的鬧鐘幾乎都是他。

我飛跳起身想讓鬼火閉嘴，但那傢伙突然變得安靜，在提燈中擬態成倉鼠的樣子不停發抖。轉過頭一看，我的精靈咚助和波波太郎併排坐在窗邊，一臉恐怖神情地瞪著他……

轉頭看隔壁床，同寢的勒碧絲已不在房裡。

我走出寢室，看見勒碧絲在盥洗台前綁頭髮。

「咦，勒碧絲真早起，妳今天也從早上開始打工嗎？」

「對，對不起，我吵醒妳了嗎？」

「沒有，我會起床是因為那個吵死人的鬧鐘……」

最近因為考前，課堂數少，學生們大多都在自己房裡或圖書館或常待的工房裡自習，但勒碧絲比起考前準備，似乎是打工更辛苦。

「嗳，妳之前說是魔法家教的打工，妳的學生快考試了嗎？我越來越好奇了耶。」

時期上來說，我以為她正在照顧要應考盧內・路斯奇亞的學生，但勒碧絲搖搖頭，往不知何處別開視線後低語：

「肯定……再過不久就會知道了吧。」

這句話富含深意，但勒碧絲沒說更多，迅速做好準備後離開房間。她有好好去吃早餐嗎？

至於我呢，雖然就快期末考了，還是被耶司嘉主教找出去。

我演出咬著麵包衝出房間這種老套劇情，朝學園島上的教堂奔跑。在那裡，身穿清廉主教袍的灰髮主教大人，一臉不悅地大大方方坐在祭壇上。

「妳慢死了！」

接著朝我怒吼。耶司嘉這個人，徹底執行提前十分鐘行動，基本上都是我比較晚到。這個人真的是，明明老是壞人口氣和壞人臉，諸多事情也太一絲不苟了吧。

「我想主教大人肯定知道昨天發生的事情吧？所以我今天有點累，超睏……」

「囉嗦，我對救世主離家出走一點興趣也沒有。妳累不累跟我一點關係也沒有。」

「而且我下週就要期末考了。」

「兩邊一起加油吧。」

耶司嘉主教蠻不在乎地挖耳朵。

唉，我早就知道了，只是說說看而已。

至於我為什麼會一大早被這個素行不良的主教大人找出來，是因為這個人正在教我與魔物的對戰方法。

「妳別呆站在那邊，快點開始對魔物的戰鬥訓練。然後呢，妳這傢伙，已經能做到我先前教妳的事情了吧？」

「是不詠唱咒語，把火焰留在手心的魔法嗎？」

「沒錯，呆站原地嗯嗯啊啊念咒語的路斯奇亞王國的魔法師，沒辦法應付魔物快如野獸的速度。假設妳單獨遇到魔物時，最好能有個速效性的無詠唱魔法。我應該說過吧？」

「……對。」

沒錯。耶司嘉主教教我關於槍械的使用以及保護自己的搏擊術，以及利用一點魔法的身體動作一段時間後，大概是我已經有一定程度的能力了吧，現在正在指導我一個無詠唱就能使用的魔法。

這麼說來……尼洛以前也曾說過，今後魔法速度也會變得很重要。

該不會，這在外國是理所當然的事吧。

在非生即死的生死之際，大概沒有哪個魔物願意等待魔法師悠閒地詠唱咒語吧。

對我來說最熟悉的魔法，當然是【火】屬性的魔法。

搭配我的發熱體質，最能自然使用。

耶司嘉主教看上這點，要我不只是把熱積蓄在掌心的魔法，連纏繞火焰擁有攻擊力的魔法，都要能無詠唱施展。

我深呼吸一次後，想像火焰出現在掌心上。

稍微一用力，我沒有詠唱咒語就讓掌心冒出火焰。但是——

「只不過，火焰會突然變大。這樣或許不是很好用耶。」

「說的也是，如果妳能讓火焰變小點，但又能增強火力，就能在戰鬥中很好應用。這對大鬼特別有效。如果妳能瞬間讓掌心包上一層火焰，光這樣就能嚇壞那些傢伙了吧。」

小而火力猛烈的火焰啊……

在夏日舞會上施展「紅之魔女」的魔法時，我在意識矇矓中，朝著幕後黑手葛列古斯邊境侯爵施放捧在我手心上的小小火焰。

那個說是火焰也太過寧靜……

彷彿新生星星般閃亮耀眼，彷彿精粹過後的「火焰精華」。

想像出那種火焰的感覺才重要嗎？

「喂喂，誰說妳可以休息。重複練習讓它成為妳身體一部分。練到就算睡覺也能發出火焰來！」

「要是睡覺時發出火焰來，女生宿舍就要火災了啦！」

「真是的，妳真沒用，純熟的火之魔法師才不會把不能燒的東西燒掉，就算沒有意識也相同！」

「什麼？是這樣嗎？」

我根本沒看過也沒聽過那種事耶。

「……拿妳沒辦法，我示範給妳看。」

大概我一臉無法理解吧，耶司嘉主教走下祭壇，將火焰纏繞在手心上給我看。

可以清楚看出是確實包覆在手掌周圍，經過千錘百鍊的火焰。不像我的火焰會散開來還不停搖晃。

耶司嘉主教用他被火焰包覆的手掌，碰觸教堂裡的長椅。

乍看之下，那是主教不該做出的行為，但就算被火焰包覆的手掌碰觸，長椅也沒有因此燒起來。

真正的操控【火】之魔法，就是指這麼一回事吧。

「判斷哪個東西能被火焰燒掉，全憑妳自己的理智，以及深入妳潛意識的記憶。為了不讓重要的東西被大規模的火焰魔法牽連，這是爐火純青的火之魔法師會達到的境界。想要做到這件事，看似單純，其實需要大量修行。就算妳是【火】之寵兒，想要做到這個地步，應該也要花上很多時間。」

「也就是說，耶司嘉主教果然是位爐火純青的魔法師吧。」

「這不是廢話，我所有元素都能做到這種程度。」

「那麼在所有元素當中，你最擅長哪個元素？」

「……【光】吧。」

稍微出現奇妙的空白。

「哎呀，我是個天才，是從出生那一刻起就理解一切的神童嘛！」

他用著令人討厭的得意表情下了結論。

只不過，向他學習作戰方法越久，我也終於理解了這個人不是普通人。

雖然嘴上囉嗦，但他很照顧人，看起來大而化之，但指導方法非常精妙且常注意到細節。

從他身上感覺得到與尤利西斯老師相同的東西。

不，雖然臉蛋和個性完全不同，但就是種感覺。

那一週後。

盧內・路斯奇亞魔法學校的下學期期末考終於要開始了。

五個主要科目分別進行筆試與實技測試，我們在這個考試後，正式結束第一學年的課程，也會得到一整年的總成績。

五個主要科目分別是：

・魔法藥學

・魔法世界史

・元素魔法學

・魔法體育

・精靈魔法學

順帶一提，【精靈魔法學】的尤利西斯老師出的考題，聽說不管筆試還是實技測試都是最大的難關。

下學期期末考第一天【魔法藥學】——

筆試以背誦為主，是個只要願意努力就能拿高分的科目。

但實技測試就無法如此。這科目容易分出擅長、不擅長，魔法藥學的實技測試相當考驗學生的天分。

我早就在老家學習魔法藥調製，老實說我很擅長，完全不擔心。

但最大的問題在於，跟蛇一樣小人又糾纏不休的舅舅，到底會出怎樣的考題。

舅舅，不是，是魔法藥學的梅迪特老師走進魔法藥調製室裡，對著聚集前來接受實技測試的學生發表考題。

「魔法藥學的實技測試，就是要大家依下列狀況調配所需的魔法藥！那麼，諸位同學，請努力吧！」

【考題】

在路斯奇亞王國的北加爾葡斯山脈中，你的同伴被毒蛇「拉格眼鏡蛇」咬傷了。如果沒辦法在一小時內替同伴準備最有效果的魔法藥，他就會死掉。但你身上只有「白粉末ＮＯ．３」，如果能在期限內做出魔法藥，你可以在山中任意採集其他材料。那麼，你要做什麼藥來解毒呢？

魔法藥學的實技測試，採加分方式計分。

在數種正確的魔法藥中，選擇哪種魔法藥，魔法藥完成品的品質如何等等，老師會詳細確認每個細節後逐一加分。

手上有的材料，只有考題中明確寫出的「白粉末ＮＯ˙３」，以及公平分發給大家，裝有各種材料的白色盒子。

也就是說，我們得要使用盒子裡的材料，各自調配出考題答案的魔法藥。

只不過，這個白色盒子裡肯定混雜能在北加爾葡斯山脈中找到和不能找到的材料，要注意這個陷阱。

魔法藥的困難之處，在於也得對地理相當熟悉。

「……拉格眼鏡蛇的毒啊。」

那是棲息在路斯奇亞王國內的山地或岩石處的超危險毒蛇。

其實，我母親役使的蛇精靈就是拉格眼鏡蛇的外貌。

一般來說，要解拉格眼鏡蛇的毒，有名為「拉格解毒藥」的專用解毒藥，大多數學生大概都會做這個藥吧。

拉格解毒藥，只要選擇很高機率能在山上採集到的「棋瑟種子」和「卡烈草」，加上一小撮考題中出現的「白粉末ＮＯ˙３」調製即可，只不過，這個魔法藥的熬煮時間很長，有花光限制時間的風險。

「而且話說回來，那個舅舅怎麼可能出這麼簡單的考題啊。雖然拉格解毒藥也不算錯，但肯定有『更好的答案』。」

我竊笑一聲，開始確認白色盒子內的材料。

首先，這個考題中最先要注意，就是「路斯奇亞王國的北加爾葡斯山脈中」這點。

其實僅限於棲息路斯奇亞王國的北加爾葡斯山脈地區的拉格眼鏡蛇毒，有另一種更適當的解毒方法。

「……找到了，呵呵呵，這個啦，就是這個。」

我從放材料的白色盒子中拿出「山孔雀之血」的小瓶子，在工作檯上把小瓶子的蓋子打開，加入一小撮「白粉末NO.3」混和後詠唱咒語。

「梅爾・比斯・瑪琪雅——藥品作用限定於解毒。」

施展的是消除藥品副作用的魔法，「白粉末NO.3」可說是抑制魔法藥副作用的材料也不為過。

不需要將材料用研缽研磨後混和，接著放進鍋中熬煮，只需要一個咒語就能完成解毒藥。也就是說，這樣就能短時間完成藥品。

我從容地將解毒藥放進繳交盒中，離開魔法藥調製室。

和我有相同想法的學生，大家都很快提交魔法藥後離席。

那麼，至於說到是怎麼一回事……

「北加爾葡斯山脈中，山孔雀多到走幾步就能看見啊。而且山孔雀的血，原本就帶有中和拉格眼鏡蛇血毒性的效果……」

我在空無一人的走廊上，獨自嘟囔碎念。

最近的研究證實了，從北加爾葡斯山脈之王的山孔雀會捕食拉格眼鏡蛇的現象中，得知山孔雀的血液有中和拉格眼鏡蛇毒性的成分。

其實，我自己也是拉格眼鏡蛇毒起不了作用的體質。

這邊讓我稍微說一點嚇死人的事情吧。

我歐蒂利爾家的男爵夫人（也就是我母親），出身自魔法藥名門梅迪特一族，是魔法藥學梅迪特老師的親姊姊。

梅迪特一族的人，從小就會少量攝取各種毒物，在自己體內製造抗毒血清。也就是說，可以對各種毒物產生抗性，且可能利用自己身體的血肉及成分製作解毒藥。

其實我也從小被迫適應各種毒物，雖然程度不及梅迪特老師和母親，但也是毒物起不了作用的體質。就算真的中毒，症狀也比其他人輕。我是被那樣養大的，也是可能做到這件事的體質。

所以，就算我在山上被拉格眼鏡蛇咬傷，肯定還是一臉若無其事，我不需要替自己配製魔法藥。這就是最後答案。

下學期期末考第二天【魔法世界史】——

魔法世界史的考題，是以背誦為主的填空題，以及選擇一位歷史上的偉大魔法師撰寫小論文。

一年級課程中，我們學習了從梅蒂亞的神話時代，到魔法師時代最重要的「三個時代」。在年表形式的考卷上面，將重要名詞與人名等等的東西填入空格中，是非常單純的考試。

專任的瑪麗・埃利希老師雖然在上課時相當嚴厲，但在筆試中出了只要各自好好努力，每個人都能得高分的考題。

最棘手的反而是小論文。

我一開始原本想要寫自己的祖先「紅之魔女」，但又覺得選擇這個似乎有點卑鄙，最後決定選擇創立這間盧內・路斯奇亞魔法學校的「白之賢者」，雖然覺得這或許也顯得過於便宜行事。

只不過，自從在第二圖書館看過「白之賢者」親筆書寫的書之後，我莫名在意這位賢者，也獨自調查了許多事情。

下學期期末考第三天【元素魔法學】——

這個科目的筆試，是用畫卡方式解答數量龐大的考題。

元素魔法學，每種元素各有一位專任教師，授課範圍相當廣，筆試考試範圍也很廣大，是需要耗費最多時間準備考試的科目。

也因此，元素魔法學沒有實技測試。

下學期期末考第四天【魔法體育】——

對我來說，這是最擔心的科目。

雖然有筆試，但占成績的比例很低，果然以實技測試為主。

「別擔心，考試內容不會很難。只是玩點遊戲，來測試下學期新學的『自我飄浮魔法』和『魔法牆』的熟練程度。」

身穿鮮豔黃色運動服的法蘭雀斯卡・萊拉老師，立刻告訴聚集到學園島操場上的我們考試內容。

在魔法體育課程中，主要為培養體力、鍛鍊核心肌群、學習基礎魔法道具的使用方法，以及其所需的身體活動方法，下學期開始加入「自我飄浮魔法」和「魔法牆」的訓練。「魔法牆」是守護牆魔法的俗稱。

正如老師所說，魔法體育下學期期末考中，分數比重占最大的就是這兩個魔法的熟練程度。

「比起移動物品的飄浮魔法，『自我飄浮魔法』的難度更高，正如其名，這是讓自己飄浮起來，隨心所欲在空中飛行、移動的魔法。過去魔女及魔法師坐掃帚飛天，現在可是只靠身體就能飛上天的時代了呢。」

沒錯，對魔法師來說，「飛天」是個自古存在的經典魔法。

但其樣式也隨著時代改變，現在魔法和咒語都被簡化，也確實建立起訓練方法，已經不需要飛天專用的魔法道具了。

也就是說，坐掃把飛天的魔法師的印象，已經過時了。

「接著，『魔法牆』是用來保護自己不受魔法攻擊、物理攻擊、狙擊等攻擊傷害的魔法。今後以魔法兵為目標的人非學會不可！」

萊拉老師手拿魔法擴音器，對身穿學校運動服的學生們強力宣布。萊拉老師出身自王宮的魔法兵團，也是在盧內・路斯奇亞內培養出諸多魔法兵的有能教師。

「所以說，你們這些傢伙，浮起來，然後持續承受我的攻擊。」

「啊？」

不知何時，老師身邊站著兩個機械人偶魔導傀儡。

根據萊拉老師說明，在這次考試中，我們要邊用飄浮魔法讓自己飄浮在空中，邊閃躲魔導傀儡發射的「黏黏球」。

順帶一提，我們不可以攻擊「黏黏球」，但能用魔法牆來防禦。

也就是說，要測試我們邊在空中飛翔要怎樣保護自己。

採取根據黏在身體上的「黏黏球」數量扣分的減分方法計算，剩下的分數就是自己的考試成績。

「但我也準備了加分要素，如果你們用魔法牆防禦，或是在空中的動作有亮點，我就會用自己的獨斷與偏見給你們『技術加分』。」

「什麼喔喔喔——」

「別抱怨，我要扣分喔。那就開始考試，一列排好！」

萊拉老師一聲令下，學生排成一列依序等待。

我們石榴石第一小組中，尼洛是第一棒。

「尼洛沒問題嗎？我印象中他對飄浮魔法沒有很擅長耶。」

「但魔法牆可是尼洛最擅長的魔法呢。」

正如勒碧絲所說，尼洛能迅速施展出「魔法牆」。

飄浮在空中動也不動的尼洛，用魔法牆彈開無數黏黏球的猛烈攻擊，他的身影只讓人感到沒有真實感，但那似乎也不犯規。

「可惡……動也不動的飄浮魔法簡直不可理喻，但也沒辦法扣分。魔法牆的強度和施展範圍太厲害了，似乎足以成為防禦型的魔法兵呢……」

萊拉老師的墨鏡閃閃發光，熱烈地替尼洛評分。

但我想，尼洛應該不會成為魔法兵吧……

接下來輪到勒碧絲，勒碧絲是能完美操控飄浮魔法和魔法牆的資優生，黏在她身上的黏黏球數量，和尼洛相同是零。

「哇！真不愧是勒碧絲！好厲害！」

「看起來還綽綽有餘呢。」

如尼洛所言，勒碧絲看起來超從容，感覺還能以加分為目標，但感覺她似乎故意只做到及格點。

這是在大家面前進行的考試，的確像不想引起關注的勒碧絲會有的舉動啦……

「話說回來，弗雷還真是乖巧耶。」

平常在這種時候老愛捉弄人的弗雷，只有這次乖乖待在我們後面，口中不停喃喃自語。

「完了啦……完了啦……」

弗雷因為【地】之寵兒弱點的關係，非常不擅長自我飄浮魔法。不只不擅長，肯定是酷刑吧。

而且他從剛剛開始，就在背後緊緊揪著我的運動服。

不對不對，就算這樣賴著我，我也幫不上忙啊！

「下一個是弗雷・勒維！快點出列！」

萊拉老師終於喊出弗雷的名字，他腳步不穩往前走。

稍微飄浮，稍微搖晃。

只是這樣就讓他一臉蒼白跌在地上。

感覺就要直接昏厥了。太可憐了……

「嗯！你在空中戰中會被秒殺吧，但不需要悲觀，以步兵為目標吧！」

連那個萊拉老師都拍拍他的背安慰他了呢。

老師，這個人基本上是個王子耶……

之後，老師也一一喊出同學的名字，在大家面前進行實技測試。

說起石榴石第九小組以外的表現，石榴石第一小組的貝亞特麗切太過慎重而讓自己在空中失去平衡，結果被五個黏黏球攻擊，大幅扣分。

她的小管家拚命幫她拿下黏在頭髮上的黏黏球。

「下一個，瑪琪雅・歐蒂利爾！」

來了，輪到我了。

別看我這樣，我還挺擅長飄浮魔法的。

雖然有點不擅長魔法牆，但只要在空中移動閃避就沒問題了。

「嗶～～」哨聲響起，魔導傀儡朝我射擊各種顏色的黏黏球。

「噢！」

等等啊，第一球也快過頭了吧！

從我身邊擦過，直直朝場外飛去了。

「不對，老師等等！不覺得只有我的球速度特別快嗎！」

「才沒那回事……大概。」

不對不對，魔導傀儡射擊的黏黏球超級快！而且感覺數量很多！

這是那個吧！

因為我三不五時在魔法體育課程中出問題，老師是在報復我吧。

在此要是沒辦法得到好分數，可是會拉低我的總成績耶！

「哈啊、哈啊……水……給我水……」

最後黏在我身上的「黏黏球」有三個。

我不知道老師有沒有加分，但總之我不能輸啊。

「瑪琪雅，還好嗎？」

尼洛拿水瓶給我，我一口氣喝下檸檬水後調整呼吸。

我可是被耶司嘉主教百般嚴格訓練，耐力增加了不少呢，但這次在空中不停移動，很辛苦，真的超級辛苦。

魔法真的很耗體力。

「喔喔喔喔喔！真厲害——」

就在此時……

在我癱軟在角落時，操場中央響起歡呼聲。

石榴石第三小組的小組長丹・賀蘭多不只飄浮在半空中，還自由自在地轉圈避開黏黏球。接著又以驚人的速度下降，一把搶走組員的貝雷帽，用指尖轉動帽子，讓我覺得彷彿在看雜耍。

老實說……石榴石一年級的學生裡，根本找不到其他人能如此自由自在地操控自我飄浮魔法。

「我終於遇見如此優秀的人才了……他肯定可以成為優秀的空中魔法兵啊！」

萊拉老師甚至豎起大拇指，感激涕零地嗚噎哭泣。

我的呼吸都還沒有調整過來，一瞬間和丹・賀蘭多對上眼，那傢伙竟然一臉得意朝我吐舌頭。

大概很有自信可以得到比我更高的分數吧。

「唔唔唔～可惡啊！」

我也非常努力，不甘心地咬牙切齒，但丹・賀蘭多的動作連對手的我也不禁讚賞。

這或許會在獎學生競爭中丟下一枚炸彈吧。

「哈啊啊～好累喔～我肚子餓了～」

魔法體育考試過後，我們石榴石第九小組的成員，一起到學園島上的餐廳咖啡館。

這是我們石榴石第九小組平常不常來，貴族御用，價位稍高的餐廳咖啡館。

說到我們為什麼會來這裡，之前曾經有個「馬鈴薯專題報告」的小組課題，我們石榴石第九小組的報告似乎得到學年最高評價，而獎品就是這家餐廳的餐券。

所以我們全員都點了這裡的檸檬牛排。

「在魔法體育累死人的考試之後吃牛排有待商榷吧……我平常當然會很開心享用啦……但現在完全不想吃。」

弗雷一臉不知該說什麼的表情，看著眼前在鐵板上滋滋作響的牛排。

「沒有辦法啊，餐券只能用到今天，而且還限定只能點檸檬牛排。」

我反而是耗盡體力後想要大吃一頓的人，平常不吃牛排，所以現在正是時候。

而且檸檬牛排可是這家餐廳咖啡館的招牌菜，甚至還有校外的人特地來這裡吃呢。

至於是怎樣的料理，這是將油花較少的薄切牛腿肉，沾上使用大量檸檬汁製成的酸甜醬料下去煎。

肉排上還擺上檸檬切片，從外觀上來看，也是一道具有特產為檸檬的米拉德利多特色的料理。

啊啊，未完全熟透的鮮嫩肉排，就在鐵板上滋滋躍動啊……

立刻開動。雖然是牛排，但清爽的檸檬醬汁發揮作用，吃起來不覺得太重口，可以一口接一口。就連滿口抱怨的弗雷也在開動後沒停下嘴巴過。

而且檸檬本來就是對恢復疲勞很棒的食材。

柔嫩的牛肉滋味和檸檬的酸味，在我們因為魔法體育考試疲憊的身體中擴散開，瞬間消解空腹感與疲憊感，這或許可說是現在最需要的食物吧。

耶司嘉主教也要我積極攝取脂肪少的肉類以增加肌肉，所以沒什麼罪惡感。

附餐有沙拉、湯品和窯烤橄欖麵包。

這個橄欖麵包正如其名，是把醃漬橄欖揉入麵糰內烤出來的麵包，是路斯奇亞王國常見的麵包。我在德里亞領地不常吃，所以不是很習慣。

但這也相當美味，每咬一口，都能品味塊狀的橄欖果實口感，且橄欖的濃郁美味也均勻滲透在麵團中。

拿麵包稍微沾一點倒在盤子上的橄欖油，又會變得更加好吃。

「啊啊，好滿足，美食果然可以療癒身心呢～」

掃空所有美食後，我意猶未盡地嘆息，摸摸自己肚子。

「檸檬牛排和橄欖麵包，還真是一餐深具米拉德利多特色的餐點呢。」

勒碧絲優雅地邊擦拭嘴角邊說，確實如此，檸檬和橄欖是米拉德利多每位市民開口第一句自豪的特產。

而我突然發現一件事情。

「對了，我對勒碧絲的國家福萊吉爾皇國不怎麼熟悉，那邊有什麼知名的料理嗎？」

「福萊吉爾嗎？嗯……那是個南北飲食文化相差甚多的國家，北邊盛行使用香料或果醬的燉煮料理，以及漢堡排、香腸、培根等煙燻料理。我的故鄉的飲食也是這樣，整體都是褐色的感覺。另一方面，南邊的飲食文化就和路斯奇亞王國相近。因為是聖地，農作物生長良好，可以享受豐富的飲食。還有，福萊吉爾整體的文化，不管吃什麼，配餐都會有馬鈴薯。」

「是、是喔，馬鈴……」

我吞吞口水。

尼洛在勒碧絲說完後又補充說明。

「因為馬鈴薯幾乎可說是福萊吉爾的主食，水煮馬鈴薯、炸馬鈴薯、馬鈴薯泥……有各種類型的配餐馬鈴薯。」

「……」

因為馬鈴薯專題報告做出好成績，我們才得以在此享用絕品檸檬牛排，但那個課題真的超痛苦啊……

就在我想著這種事情時。

服務生端來餐後咖啡──

「瑪琪雅小姐，貴安啊。」

「咦，娜吉姊？」

沒想到，這位服務生竟然是四年級的女生宿舍長娜吉・梅迪特小姐。

順帶一提，她是我的表姊，也是弗雷不久之前還想追的年長大姊姊。

因為如此，弗雷有點坐立不安，明明剛剛還因為馬鈴薯的話題白了一張臉耶。

「娜吉姊，怎麼了，妳為什麼一身服務生的打扮啊？」

「呵呵呵，我在這邊打工啦，畢業後很多地方要用錢啊。」

「為什麼？妳明明是梅迪特家的千金耶。」

「我家的信條就是『自己賺』，很多事管很嚴啦。」

梅迪特家是米拉德利多的魔法藥學名門，但與其說是貴族，魔法師的特質更強烈，不喜歡華美且豪華的生活，敬重知識與探究心。因此容易培養出像舅舅這樣優秀且變態的魔法師，娜吉姊為了要成為優秀的梅迪特家魔女，過不久從盧內・路斯奇亞魔法學校畢業後，就要到王宮工作。

對我來說，梅迪特家是母親那邊的家族，但我喜歡念書的個性或許是遺傳自梅迪特家的血緣吧，因為父親說過他不怎麼喜歡學習魔法。

「我聽說了喔，妳畢業之後要去當王宮的宮廷魔法師對吧？而且還是菁英齊聚的第一研究室！娜吉姊，恭喜妳！」

其他小組員也彼此互看後，說著「學姊恭喜妳」祝福、激勵娜吉姊。

得到學弟、妹祝福的娜吉姊，心情似乎很好。

「謝謝，嗯，對梅迪特家的繼承人來說，這條出人頭地的道路沒有絲毫樂趣就是了。」

「才沒那回事，梅迪特家的外公肯定對娜吉姊感到很驕傲。」

「啊哈哈，那個老糊塗？話說回來，瑪琪雅小姐偶爾也來我家露個臉啦，那個老頭子也很在意妳呢。」

我確實已經很長一段時間沒見到梅迪特本家的外公了。

雖然是他的外孫女，但母親嫁給父親時，似乎和外公有點爭執，所以關係有點疏離。

雖然舅舅和娜吉姊都說外公現在已經不太在意了……

再怎麼說，歐蒂列爾家就是，風評不太好嘛。

「對了對了，一年級的學生好像都因為魔法體育期末考累得半死，但真正辛苦的應該是明天的精靈魔法學考試吧？」

「咦？」

「尤利西斯老師出的下學期考試，不管是筆試還是實技測試都超難的喔～」

娜吉姊露出有點壞心的表情看著我。

不知為何，娜吉姊以外，穿著服務生制服的女學生們也圍在我們桌子旁邊。

「對對，尤利西斯老師那張和善面具底下，可是藏著一張嚴厲教師的臉啊。」

「但他就是這點很棒啊，糖果和鞭子嘛。」

「想到他再過不久就要結婚去教國，就好想哭喔。」

「好想哭～」

「唉啊啊～～」身穿服務生制服的女學生們集體嘆氣。

在學姊們包圍下讓我們有點坐如針氈，但確實開始好奇起尤利西斯老師最後會出怎樣的考題。

魔法精靈學也是盧內・魔法學校的招牌科目，路斯奇亞的精靈魔法學比其他國家的發展更興盛，而尤利西斯老師是屈指可數的佼佼者，無數學生特地來此向他求教。

也因此，尤利西斯老師的測驗只有困難可言。

就連我也不曾拿過滿分。

別說滿分了，還拿過好幾次連自己也無法容忍的分數……

「啊啊，總覺得開始害怕起來了……明天的精靈魔法學考試真的沒問題嗎？我應該不能如此優雅在這邊喝咖啡吧……」

「瑪琪雅冷靜點，喝杯咖啡放鬆一下比較好吧。」

和焦慮的我相反，勁敵尼洛從容地喝咖啡。

「筆試也就算了，實技測試完全無從預測起，現在什麼也辦不到。我反而比較擔心腦袋會不會因為太累而無法運轉。」

「尼洛……你看起來好從容……」

真不愧是學年入學榜首。

明明不像想要獎學生的身分，但不管哪個科目都能輕鬆拿下最高分的秀才。而且話說回來，尼洛是個只聽我口頭闡述就把炊飯鍋做出來的天才啊……

但是，好不容易期末考考到現在手感很不錯，可不能在精靈魔法學上滑鐵盧。不能這麼悠哉下去。

因為爭奪第一名的對手，除了尼洛和第一小組的貝亞特麗切之外，還有第三小組的丹・賀蘭多。

我喝完咖啡之後，立刻回宿舍房間，為了明天的期末考試反覆複習，也替實技測試做想像訓練。

第二話　期末考（下）～尋找精靈遊戲～

期末考最後一天早上，多虧昨晚喝了「瑪琪雅特製香草奶茶」，我神清氣爽迎接早晨。

走出寢室，勒碧絲早已經起床，正在餵使魔的夜貓諾亞喝牛奶。

使魔精靈本來不需要進食也沒關係，但都有各自喜歡的食物，諾亞和貓咪一樣喜歡牛奶，而我的倉鼠們和倉鼠一樣喜歡葵花籽。

為什麼我要在腦內複習這些理所當然的事情呢，因為今天就是精靈魔法學考試的日子。

「勒碧絲早安。」

「早安，瑪琪雅，妳昨天似乎念書念到很晚呢。」

「是啊，因為今天是期末考最後一天，而且還是最困難的精靈魔法學。勒碧絲，妳有做什麼對策嗎？」

一問坐在面前的勒碧絲，她嚇了一跳歪過頭：

「別說對策了，我今天不會去考試啊？」

「咦？」

「我是留學生，課程計畫裡沒有精靈魔法學的考試。但我改天要接受鍊金術的實技測試，和三年級一起。」

「啊啊，對耶。確實如此。」

上學期的確也是這樣，我完全忘了。

勒碧絲偶爾會和我們上不同課程，參加不同科目的考試。

她本來大我一年級，先在福萊吉爾皇國的魔法學校念一年後，才來這間盧內・路斯奇亞魔法學校留學。

雖然小組課題一起，但那之外的課程與考試，則要遵循她來這裡留學時安排的課程計畫。

但話說回來，鍊金術的實技測試啊。

她領先了好幾步呢，真厲害。

「那勒碧絲今天放假一天囉。」

「是啊，所以我要去打工。」

「又打工啊～妳還真努力耶～」

「對，但是再過不久……打工似乎也要結束了。」

勒碧絲有點悲傷地說道。

這麼說來，勒碧絲是為什麼來到路斯奇亞王國呢？

隻身來到陌生國度，進入盧內・路斯奇亞魔法學校就讀的目的，到底是什麼呢？

下學期期末考第五天。

石榴石一年級最後的考試科目是【精靈魔法學】。

精靈魔法學專任教師尤利西斯老師的筆試，在學生之間是出了名的非常困難且難以預測。

每個人都抱著頭考試，我也有點沒自信。

「大家辛苦了，筆試的手感如何呢？」

「……」

筆試結束後，尤利西斯老師滿臉笑容地環視一臉鐵青的學生們，魔鬼啊……

「不管筆試考得怎樣，精靈魔法學還有實技測試要考。那麼，接下來要發表實技測試的內容。」

尤利西斯老師臉上掛著笑容豎起食指：

「簡單來說，就是『尋找精靈遊戲』。」

「……咦？尋找精靈？」

每個人都嚇得瞪大眼。

到目前為止學了這麼久精靈魔法學，還是第一次聽到這種課題。

「殿下，學生們都露出不明就裡的表情啞口無言呢，咕。」

「哎呀哎呀，但是，這也在我預料之中。」

停在尤利西斯老師肩頭的貓頭鷹精靈幻特羅姆替我們說出心聲。

尤利西斯老師清清喉嚨後，繼續告訴我們考試內容：

「尋找精靈遊戲，正如字面所示，是尋找精靈的遊戲。『白之賢者』將許多精靈配置於這間盧內・路斯奇亞魔法學校內的各個設施內，五百年來持續守護學校，這我已經在課堂上提過了。最有名的是潘校長……但總數有一百五十一個精靈。」

「一、一百五十一！」

超越想像的數字。沒想到竟然有如此多精靈潛藏在這間學校裡工作啊。

也就是說，白之賢者有辦法役使如此多精靈囉？

不知該說真不愧是超規格，還是該說太誇張了……

「我想，大家第一堂課召喚出自己的精靈後，在這一年應該建立起良好關係了。此外，不只自己的精靈，應該也和小組成員及同學的精靈相處，見過精靈各種不同面相。這次考試，就是要測驗大家這一年和精靈培養起來的關係，以及大家對精靈的理解。我想要大家去找出潛藏在學園島上的精靈，去向精靈們討親筆簽名。」

「親、親筆簽名……」

難怪講台上有成堆的白色簽名板啊。

老師利用風之魔法將簽名板分發到各個學生的桌上。

「尤利西斯老師，我想提問。也就是說，這可以理解為根據得到的精靈簽名數量計算得分，對吧？」

貝亞特麗切・阿斯塔舉手發問，我也很在意這一點。

「這個嘛，雖然數量也很重要，我也會依精靈尋找的難易度給分，總分最後會和筆試的分數加總起來。在此告訴大家幾個難易度較高的精靈吧。」

尤利西斯老師在他背後的黑板上寫上難易度高的精靈名字。

難易度ＳＳ（五十分）

1　校長潘・法烏奴斯（山羊大精靈、風）

2　燈塔守護者吉恩（神燈大精靈、光）

難易度Ｓ（二十分）

3　圖書館館員利耶拉柯頓（棉花精靈、地）

4　園藝師拉狐思（吟遊狐狸精靈、草）

5　海濱守衛斯修拉（大章魚精靈、水）

6　鎧甲騎士皓羅（鐵之精靈、雷）

這些就是所謂的罕見精靈。

難易度ＳＳ的精靈五十分，難易度Ｓ的精靈二十分，其他精靈一律可以得到兩分。

老師告訴我們精靈各自掌管什麼，所以也有頭緒要上哪裡找，但是……

「僅限今天，全面開放平常禁止進入的設施、房間以及區域。學園島範圍廣大，大家請小心別迷路了。地下迷宮也開放到第一層的『鹽岩迷境』……對了對了，有些精靈願意免費替你們簽名，也可能會要求什麼東西，更或者也有精靈願意說出其他精靈所在地。精靈們性情難以捉摸，請別漏聽了他們的聲音。」

原來如此，和精靈們對話，好好聽他們說話似乎很重要。

「那麼，鐘聲響起後，精靈魔法學的考試就開始了。限時三小時，請你們在這占地遼闊的盧內・路斯奇亞魔法學校內奔走，找出潛藏其中的精靈們，向他們索取簽名吧。不需要帶筆，但千萬別忘了簽名板……」

尤利西斯老師說到一半鐘聲響起，大家爭先恐後跑出教室。

但是，我一個人獨自留在精靈魔法學的教室當中。

「哎呀，瑪琪雅小姐怎麼了嗎？妳不去嗎？」

「是的，我當然會去，等我向這個教室裡的精靈索取簽名之後。」

我的眼睛閃閃發亮，朝停在尤利西斯老師肩頭的精靈遞出簽名板。

「貓頭鷹精靈幻特羅姆，請給我簽名。」

「咕咕！妳要我的簽名啊？」

「你是尤利西斯老師的助手，所以是在盧內・路斯奇亞工作的精靈沒錯吧？幻特羅姆原本也是『白之賢者』的精靈，老師，可以吧？」

尤利西斯老師手撫下顎，用力點頭。

「好吧，雖然注意到幻特羅姆存在的只有妳一個讓我覺得有點傷心，瑪琪雅小姐仍舊相當細心呢。」

幻特羅姆朝簽名板伸出嘴喙。

下一秒，簽名板邊邊出現貓頭鷹模樣的紋章。

這肯定就是精靈的簽名吧。

「雖然只有兩分而已，咕。」

「太棒了，拿到兩分了！」

我忍不住開心握拳，因為這個兩分聚沙成塔後，就能得到高分啊。

「那麼，瑪琪雅小姐，別在這裡大意，快點去吧。在這間盧內・路斯奇亞魔法學校中潛藏著許多精靈，正在執行他們的工作……這是他們和五百年前的『白之賢者』的約定。」

……約定。

「好，老師！我會努力。」

我快步走出教室，邊走過走廊邊建立自己的對策。

這個課題終究是個人的實技測試。

和小組課題不同，只能依賴自己和自己精靈的力量。也就是說，連同組的尼洛和弗雷也是競爭對手。

「尼洛腦袋聰明，還有芙嘉這個眼力一流的精靈，肯定最難纏。弗雷可以用【地】之寵兒的力量攀岩走壁，腳程很快，或許可以靠找出很多容易找到的精靈來賺取分數。」

那麼，我呢？

「呵呵呵，雖然我自己沒有能在找精靈派上用場的特殊能力，但我的精靈波波羅亞庫塔司和咚塔那提斯很擅長『找東西』，那麼，去吧，現在就是給那些瞧不起你們的人好看的時候了！」

「『Roger！』」

我召喚出自己的兩隻侏儒倉鼠精靈，放鼠。

兩隻小鼠敏捷地鑽過因尋找精靈而擠成一團的學生們的腳邊，跑遠了。

只要找到精靈，他們應該會來通知我吧，要小心別被踩扁了啊。

「那麼……」

我也不能只是呆站在這裡。

同學們無頭蒼蠅似地亂開門，翻找學校裡的花瓶底或畫作背後，我首先決定要去找曾見過一次面的精靈利耶拉柯頓。

——利耶拉柯頓，那是待在第二圖書館中的棉花精靈。

第二圖書館平常未經允許禁止進入，似乎只有今天開放。

「什麼……」

但是，一抵達第二圖書館，我完全被嚇傻了。

利耶拉柯頓在第二圖書館前搭帳棚坐在椅子上，彷彿名人辦簽名會一般，大大方方地替學生簽名。

可以不費吹灰之力拿到二十分，學生在她面前排起長長人龍。

「騙、騙人，那個圖書館員看起來那麼文靜，開簽名會也太超乎想像了……」

她面無表情地替大家簽名，雖然沒有握手，但「這冷淡態度超棒啊！」已經引起男生們好評了……

看見遲遲不散的學生隊伍，煩惱著到底要排隊還是要去其他地方的我突然驚覺。

這該不會是要絆住學生腳步的手段吧？

只是跟著排這長長的人龍就可以確確實實地拿到二十分，但想必需要很久才能走到利耶拉柯頓面前。

限時三小時，如果想要尋找其他精靈，就不能在此被絆住腳步。

「啊，弗雷那傢伙，還真機靈地排在隊伍裡耶。」

因為利耶拉柯頓是弗雷喜歡的漂亮大姊姊。

「可、可惡，改變作戰計畫。我不想要和弗雷同程度……」

我邊咬大拇指指甲，放棄索取棉花精靈利耶拉柯頓的簽名。

機會難得，乾脆趁此時來找最巨大的大人物潘校長吧。

非常多學生在找難易度ＳＳ級的潘校長，校長總是從鏡子中出現，所以大家都在確認校內的鏡子。

但似乎還沒有人找到校長。

潘校長應該會在校長室，但校長室的位置是學校七大不可思議之一，我們完全不知道那在哪。

「這也是當然，可能的點最多，也就代表最難找到啊。感覺不能毫無目標找遍學校裡的鏡子。」

那個出了超難筆試考題的尤利西斯老師，怎麼可能出這麼單純的實技測試啊。

應該會更複雜才對。

像是不遵循固定的步驟，就沒辦法抵達校長室之類的……

「嗯？」

外頭傳來「哇哇」嘈雜聲音。

似乎下起驟雨。

從校舍二樓的窗戶往外看，天空掛著一個巨大的漂亮彩虹。

且看見學生們全往那邊奔跑。

「絕對有精靈藏在彩虹底下！」

「從古老前就流傳彩虹底下有精靈嘛！」

在校舍中的學生們也因為彩虹出現全跑出去了。

彩虹啊……

那確實是個會出現精靈的合理地點。

但我也沒坦率地願意和大家往同一個方向跑，只能呆站在原地，腦袋不停思考。

有沒有辦法在大家被彩虹吸引時，搶先大家一步找到難易度較高的精靈呢……

「小姐～」

此時，被我放出去的偵查部隊，就是我的精靈倉鼠們，不知何時跑回我腳邊來了。

「怎麼了嗎？找到什麼了嗎？」

兩隻小倉鼠點點頭。

「有個很糟糕的傢伙吱。」「糟糕啵。」

「糟、糟糕？」

雖然有點掛心，但我總之跟著倉鼠們後面走。

倉鼠們走出校舍，朝與彩虹反方向的中庭跑過去。

大概因為剛下一場驟雨，四處出現水窪很難行走。我的鞋子邊沾染上泥濘，在寒冬退色的庭院裡前進。

接著，不知從何處傳來吉他聲。

還聽見男人唱著耳孰能詳的「那首童謠」的聲音。

雪國的獸群，
被折斷四肢後以鎖鍊相連，
成為黑之魔王的奴隸。

湖中的精靈們，
遭受欺騙後成為鍋中湯藥，
直到願意效忠於白之賢者。

美麗的少女們，
被施以火刑直到化為灰燼，
紅之魔女的嫉妒心有如紅蓮火焰般猛烈。

啊啊，真是令人畏懼。

位於門扉彼端的魔法師！

那是從小聽到大，傳唱三大魔法師傳說的童謠。

我很喜歡這帶有巧妙諷刺感的詞句，也把它背起來，但這還是我第一次聽到有人搭配旋律唱出來。

我循著歌聲穿過冬天的檸檬園。

轉黃的檸檬樹葉，沾染上雨珠閃閃發亮。

受到細心照料的庭院前方有個涼亭，一個年輕男子雙腳交疊坐在裡面，正在彈吉他。

他頭戴插著羽毛的時髦綠帽，一頭橘色頭髮。

歌聲的主人就是這個人啊。

「哎呀哎呀，可愛的紅毛小兔子。妳是來見我的嗎？是我的歌迷嗎？」

一看見我，男子立刻口吐輕浮台詞朝我眨眼。這裝模作樣的男人是怎樣啊？

「……就是那個混帳狐狸啵，他還想要吃掉我們啵。」

「……我在他鼻子咬了一口吱。」

倉鼠們的話讓我靈光一閃，原來如此，這男人是精靈啊。

而且他大概就是榜上有名，難易度S的吟遊狐狸拉狐思。

「你是精靈對吧。」

「正確答案，我正是『白之賢者』的高等精靈，知名的帥哥吟遊狐狸拉狐思，也是盧內・路斯奇亞的專屬園藝師。」

接著，撥動手中的吉他弦。

身為盧內・路斯奇亞魔法學校的專屬園藝師，我曾經見過他在整理學園裡的檸檬園。

也曾聽過女同學們談論他是個帥哥的事情，但沒想到他竟然是精靈。真不愧是狐狸，偽裝成人類的技術真高超。

但只有今天，我有事找身為精靈的他。

「請給我簽名。」

我朝他遞出簽名板。

不能放過難易度Ｓ級的二十分。

「妳果然是我的歌迷啊！」

「不是，是為了考試。」

這點要講清楚說明白。

「如果不是歌迷，那我就不能白白給妳耶。好，那就和我玩一下吧，紅毛小兔子。」

「你要玩什麼？」

「捉迷藏，因為狐狸是獵人啊。」

他野獸的眼睛閃閃發亮，輕巧起身，拔下自己帽子上的羽毛插在我的髮上。

接著豎起三根手指擺在我面前。

「三分鐘，不過只三分鐘，妳試著從我手中保護那個吧？如果撐過三分鐘，我就替妳簽名當獎品，要不然也給妳一點其他精靈在那的提示。」

「那真是感激不盡，但『不過只』三分鐘啊……」

說得簡單，對手可是狐狸精靈耶。

「我給妳十秒躲起來，好，一～二～」

拉狐思閉起眼睛開始數數。

我當然立刻逃跑。

這個庭園可說是拉狐思的地盤，首先離開這裡，跑進哪棟建築物裡吧。

「最近的建築物、最近的建築物……」

但不管我怎麼跑，都無法跑出這個庭院。

精靈的箱庭——我被拉狐思關進他的檸檬園中了。

「好，我找到妳了。」

背後感到野獸的氣息，我立刻轉過頭。

橘色狐狸，已經在後方做出要朝我撲來的姿勢。

好快！依我的速度，馬上就會被追上吧。

露出尖牙，張大嘴巴的狐狸，朝我頭上的羽毛撲來。

我為了防禦把雙手交叉在面前，閉上眼睛往庭院的土地上倒。

「好燙！」

我聽到狐狸小聲尖叫。

我睜開緊閉的眼睛，狐狸稍微拉開與我的距離，有點害怕。

「我的手有火焰……」

在無意識中我的掌心包覆著火焰，而我用這防禦我的頭。

拉狐思的屬性是【草】——草屬性的精靈害怕火屬性魔法，這是元素魔法學和精靈魔法學中的基礎知識。

最重要的是，無詠唱才有辦法應付拉狐思的速度，才能趁其不意。

沒想到耶司嘉主教的修行竟然會在這裡派上用場。

「呵呵呵……原來是這樣，既然如此。」

我露出邪惡笑容，雙手燃起火焰，接著——

「攻擊就是最大的防禦！」

「真假，妳要來攻擊我？」

大概沒有想過不能被搶走羽毛的我不是選擇逃跑而是選擇朝他靠近吧，拉狐思又離我更遠。

從他慌張的模樣，可看出他超級討厭火。

好，這感覺很有譜。包覆火焰的手出乎意料好用呢。

我第一次感謝起和耶司嘉主教特訓的日子！

「開玩笑，妳以為我只會逃嗎？」

——啊，糟了。不愧是狐狸，他迅速跑到我背後。

就算我有辦法用我兩手的火焰，當他全力使出這可以玩弄獵物的野獸舉止後，我根本追不上。

「呀啊！」

但拉狐思再次發出尖叫。

某個東西從我頭上跳出去，狠狠咬上拉狐思的耳朵。

那是我的其中一隻倉鼠使魔咚助，黃色嬌小的小可愛。

「我才不會讓你碰小姐一根寒毛吱。」

「痛痛痛痛痛，你這隻侏儒倉鼠，牙齒還真利。好燙。」

「吱！可別小看我的吱！」

咚助咬的地方燻得焦黑，這麼說來，咚助也是火屬性。

「咚助幹得好！真不愧是倉鼠界傳奇鼠物！」

我也毫不留情地用包覆火焰的手抓住拉狐思的狐狸尾巴，接著就這樣把他壓倒在地。

太棒了，在這邊也好好使出耶司嘉主教教我的防身術，果然要實際實踐呢。

拉狐思掙扎了一會兒後，最後安靜下來。

「呼~我認輸了，我記得妳是那個殘酷紅之魔女的後裔吧。」

「咦？」

橘色狐狸變回園藝師青年的模樣。

此時，通知三分鐘已到的鬧鈴聲正好響起。

「我沒有被女生壓倒在地上的興趣，可以請妳起來嗎？」

「啊，好。」

我從拉狐思身上退開。

「哎呀哎呀，我自豪的尾巴都黑了。耳朵也被老鼠咬，都咬出一個耳洞了啊。但這似乎會很受歡迎？」

拉狐思站起身，看著自己在水窪中的倒影，不知為何咧嘴笑著。

真不愧是精靈，還真堅強……

「拉狐思認識我的祖先嗎？」

「這是當然，說到那個魔女，她可是曾經抓到我，想要扒我的皮拿去做她的披肩呢。」

「……這、這樣啊。」

這還真的是，殘虐且殘酷啊，相較之下我今天的攻擊還真是可愛。

「話說回來，我這樣算合格了嗎？」

「ＯＫ，當然合格，我替妳簽名。妳不怕我，朝我攻擊這點很棒。但是，毫不猶豫用火燒我的尾巴就有點無情啦。」

「謝謝你！」

我也搞不太清楚他到底是不是在誇我，但拿到最重要的簽名，我也乖乖道謝。

狐狸的紋章，果然就跟狐狸一樣可愛。

「這麼說來，你還說了要給我其他精靈在哪的線索對吧？」

「真意外，妳有好好仔細聽人說話呢……啊啊，可以啊，就讓我給妳其他精靈的線索吧，小兔子。」

拉狐思接著「咳哼」清清喉嚨。

「剛剛下起一場驟雨對吧？小兔子也快點比較好。這場雨是用精靈魔法降下的雨。也就是說，精靈就潛藏在『雨後會出現的東西』裡面。」

「什麼？」

該、該不會……彩虹下面果然就有重量級精靈嗎？

完全不能小看群起往那邊衝去的同學們啊。

可能被大家搶先一步了！

「恕、恕我失禮了！」

「我替妳加油喔～」

我從拉狐思手中接過簽名板，匆匆忙忙衝出庭院。

聽著從背後傳來的，那個吟遊狐狸彈奏的吉他聲與歌聲。

這一次我得以離開庭院，回到校舍了。

但校舍前空無一人，大家似乎都跑到可以清楚看見彩虹的海邊去了，雖然彩虹已經快要消失了。

「唉，這我完全太遲了。或許放棄線索是雨停後的精靈會比較好吧……」

就在我想著要乖乖去找其他精靈時。

校舍前的廣場上，有個巨大的水窪，雨過天晴的藍天倒映在上面，非常美麗。

四處都是水窪，這麼說來，雨後會出現的不只彩虹，這些水窪也是。

「……」

我伸頭探看大水窪。

看見倒映在水窪上的自己，我嚇了一跳，不知為何，我的外貌非常年幼。

這讓我突然想起小時候玩的祕密遊戲。

因為我出生在德里亞領地這個邊境之地，幾乎沒有同齡朋友，我把水窪中的自己當成「祕密的朋友」，對她說話。

現在回想起來，真是個寂寞的孩子。

但孩子的想像力豐富，總是能把想像中的產物當成現實。

倒映在水窪中的「她」，只要我笑就會跟著笑，我生氣就會跟著生氣，難過時也跟我一起難過。

當然啦。因為那就是我自己。

德里亞領地是個基本上幾乎不下雨的荒野，水窪只會在短短的雨季中出現，而我的心靈之友，就在某天突然消失了。

明明只是倒映在水窪中的自己，卻讓我非常傷心，也稍微哭了。

我應該有為「她」取名字。

是什麼名字啊，我記得是……

「好久不見，霧繪。」

沒錯，是霧繪。

沒有想太多，突然湧現在心中的名字。

倒映在眼前水窪的年幼自己（霧繪），嘴角柔柔畫出弧度，朝我招手。

『正確答案。那麼，瑪琪雅，請妳到這邊來吧。』

我隱約理解，和小時候不同，這是魔法的一種。

理解的同時，我沒有忘記保持冷靜，踏入水窪中，就這樣靜靜往下沉。

噗咕噗咕……噗咕噗咕……

就算害怕溺水感覺的我，也對這不怎麼恐懼。

因為這是溫暖，沒有敵意的水。

我立刻從這種感覺中解脫，身體彷彿被彈開一般，我抵達完全不同的地方。我搖搖頭，張開眼睛。

「這裡是……？」

不可思議的——鏡子房間。

周圍視線可及之處全都是鏡子，我的身影幾乎可說是令人厭煩地用各種角度倒映在鏡子中，鏡子、鏡子，全是鏡子。

「歡迎來到第四迷宮，鏡面屋邸。」

頭上傳來低沉，響遍整個空間的聲音。

我抬起頭，張大嘴巴。

「……校……校長先生。」

嚇一大跳。

一個無比巨大的山羊臉正俯視著我。

彷彿用黑色馬克筆畫線般畫出的漆黑細長山羊瞳孔，讓我嚇了一跳。

仔細一看，這張山羊的臉，是從天花板上更巨大的鏡子中垂下來。

頭部的山羊角畫出弧度跑出鏡子外，螺絲般邊旋轉邊往遙遠的彼方延伸。給人他的頭部無比巨大的印象，那已經不是平常看見的潘校長那親切又可愛的山羊模樣。

在這裡的，如假包換就是可說為自然界威脅的大精靈，潘・法烏奴斯。

「妳被嚇到了嗎？」

我沒辦法好好把話說出口，只能頻頻點頭。

「妳可是第一個找到吾輩的學生，真虧妳能找到入口呢，瑪琪雅・歐蒂利爾小姐。」

聽到自己的名字，讓我回過神來。

「因為我曾經見過校長先生從水池裡露臉！就想著，水鏡或許也有效吧……」

「呼呵呵，但是，不僅如此，妳是不是想起『年幼之心』呢？」

「年幼之……心？」

我回想起剛剛的事情，回想起自己小時候的遊戲，祕密朋友。

「……對，我小時候會對倒映在水窪中的自己說話，但我一直忘記她的名字，當我想起來之後，我就到這邊來了。」

我紅了一張臉，雖然感到害羞還是老實承認。

潘校長又笑了。

校長每次笑，溫暖又強勁的風就會往我身上吹。

「小孩子就是不抱任何意圖使用魔法的生物。而且絕對都是使用『原始的魔法』。為無名物取名字，也是孩子天真魔法的一種。」

「名字嗎？」

這讓我突然想起托爾。

孩提時代的我，替奴隸少年取了「托爾」這個名字……

「可以通過這個鏡子前來吾輩身邊的人，只有記得這種天真魔法的人。長大成人後，隨著魔法技巧精進，就會忘記年幼之心啊。順帶一提，吾輩是童話世界的精靈。妳知道嗎？」

「知道，是童話《鏡之魔神》對吧。」

——童話《鏡之魔神》。

那是也在托涅利寇的勇者故事中出現的「白之賢者」到世界各地旅行，遇見各式各樣精靈的冒險故事。

潘・法烏奴斯是曾服侍「白之賢者」的最強大精靈。

他過於巨大的身體被比喻為一座山，只要稍微行走就會剷平山，破壞城市，掀起可媲美天災的暴風雨或龍捲風。據說潘・法烏奴斯經過之後什麼也不留。

原本是崇高的大精靈，卻被喚作魔神，被大家畏懼。

善良的潘・法烏奴斯，知道自己只要一動就會讓人類傷心，長時間一動也不動待在大溪谷底部，悄然生活。

白之賢者在旅行途中經過大溪谷，憐憫哪裡也去不了的孤單大精靈，努力想辦法想把這個精靈帶到外面去。

接著，把潘・法烏奴斯過於巨大的身體分成頭、身體、右前腳、左前腳、右後腳、左後腳後，封印在六個鏡子裡。

封印在鏡子裡後，白之賢者可以帶著潘・法烏奴斯到任何地方去，帶他去看世界上的各種景色。

因為白之賢者研究了可以用各種型態召喚出精靈的方法，他用與人類無異的樣貌召喚出潘・法烏奴斯，或是用受人喜愛的吉祥物模樣召喚潘・法烏奴斯，和這個大精靈一同旅行。

「正是如此，白之賢者大人，將我們精靈當成真正的朋友，告訴我們連我們自己也不知道的各種樣貌，總是讓我們待在他身邊。所以，吾輩現在也持續守護著賢者大人留下的這間盧內・路斯奇亞魔法學校。」

這漫長歲月，是從學校創立以後，將近五百年。

幾乎看不見盡頭的，漫長。

「這表示在賢者死後，和精靈之間的契約也持續生效嗎？」

「不，留在學校裡的精靈們，不是因為賢者大人的命令才留在學校裡。我們和他之間，僅僅只有一個約定。」

約定。

這之前也曾聽誰說過。

對了，應該是尤利西斯老師說的。

「那是怎樣的約定呢？」

「我總有一天會回到這裡來……這樣一個約定。就算會經過幾百年的漫長歲月，那位賢者都會『歸來』這個地方。」

「……」

他們之間只做了如夢似幻的約定。

精靈們等著古老以前早已離世的「白之賢者」歸來，而待在這間盧內・路斯奇亞魔法學校裡。

歸來……？

這又是在哪聽過好幾次，讓我留下印象的詞。

潘校長用他一橫長黑線般的眼睛注視著我。

連周遭的鏡子都像是看透我這個人，在我心中掀起嘈雜波瀾。

我突然脫口而出這個問題：

「那個，冒昧請問一下，請問潘校長見過『紅之魔女』嗎？」

沒錯，見過我的祖先嗎？

「這是當然，那個魔女的嘴巴有夠壞，臭罵白之賢者大人是『偽裝賢者的陰險混帳』，還瞧不起吾輩，說吾輩是『大塊頭礙事精靈』。」

「唔。」

真、真是不好意思。我家的祖先真是不好意思了！

她似乎也想把吟遊狐狸拉狐思做成披肩，該不會在這間學校裡，四處都是憎恨紅之魔女，或是和她有過節的精靈吧？

我前途堪憂啊。

「但是，『紅之魔女』是位相當彆扭的人。我感覺，她說出口的話常常和她內心的感情完全相反呢。」

「……咦？」

潘校長出乎意料外的話，讓我抬起頭。

「看見坦率又認真的瑪琪雅小姐，我感覺，妳的模樣正是過去『紅之魔女』所冀望的少女形象的呈現。是的，吾輩是如此認為。」

「……」

我想，我大概抿緊雙唇，露出奇怪的表情吧。

我確實不討厭現在的自己。

當然不完美，但也感覺有著前世的小田一華期望「如果有來世，我想成為這樣的女孩」的一面。

紅之魔女也是一樣嗎……？

「哎呀，時間已經到了。要是把妳留在這邊太久，我可是會被尤利西斯殿下責罵呢。」

「那、那個，最後可以拜託您一件事嗎？」

我還沒有拜託潘校長最重要的一件事情。

「請給我校長先生的簽名！」

「喔喔！我都忘了最重要的一件事了！」

沒錯，現在基本上還在考試中啊。

我確實收下潘校長的簽名，之後穿過校長指定的鏡子，從盧內・路斯奇亞魔法學校中央廣場的噴水池回到校內。

雖然全身溼透了，但不可思議的，畫在簽名板上的精靈簽名，既沒有暈開也沒有消失，平安無事。

鐘聲立刻響起，告知我們考試時間結束。

我似乎在潘校長所在的第四迷宮中花費超乎預期的時間。

我們回到教室，依序把請精靈簽名的簽名板交給尤利西斯老師。

尤利西斯老師看見我簽名板上潘校長的簽名，仍然臉色不改地說：「辛苦妳了。」

第三話　祕密帶著魔法

考完魔法精靈學後，我們第一學年的課程也全部結束了。

這種解脫的感覺，怎麼會如此美妙啊。

我帶著成就感更勝疲憊的滿足心情，回到常待的工房。

已經在工房裡的弗雷，相當疲倦地躺在沙發上。

「唉啊啊啊～一路考到最後都是累死人的考試啊。真的超累，誰來替我秀秀啦～」

弗雷懶散地躺在沙發上，口出毫無志氣的話，這個王子只有三歲還五歲嗎？

「你在說什麼蠢話啦，結果你蒐集到幾個簽名啊？」

「哼哼，聽了可別嚇到啊組長，十三個。」

就算他一臉得意，這個癱軟在沙發上的模樣也毀了這一切。

「喔，你還真令人意外地努力耶。」

老實嚇了一跳，我還想他排在利耶拉柯頓的長長人龍中，應該沒辦法去找其他精靈了耶。

肯定是淋漓盡致活用他【地】之寵兒的能力，在學園內四處尋找了吧。

「那麼，尼洛成果如何啊？」

我也問了已經坐在工房的桌子前，正在擺弄什麼東西的尼洛。老實說，比起弗雷，我更在意尼洛的成果。

只不過，他露出奇怪的表情，微微別開視線。

「我拿到四個。」

「哇哈哈，我贏了，這次是我贏了。」

弗雷露出驕傲的表情大笑。

我也有點意外，還以為尼洛應該會找到更多精靈耶。

「但是，我找到燈塔守護者吉恩，是和潘校長同等的大精靈。」

「什麼？」

「什麼？」

弗雷和我都認真僵住了，那可是難易度ＳＳ的大精靈耶。

等等，那就算只有四個也沒問題，還有其他難度Ｓ的精靈之類的，尼洛極有可能找到。

「燈塔守護者吉恩是怎樣的精靈啊？」

「嗯～超級老。」

「……這樣啊。」

也就是說，是個老爺爺吧。

「那組長呢？」

「我、我……三個啦。」

「哇喔，超廢耶～」

「我話說在前頭，我可是找到潘校長了呢。」

「……什麼？」

弗雷這徹底嘲笑別人之後露出的「什麼？」表情讓人看了真是痛快，但老實說，這傢伙與獎學生競爭毫無關係啊……

我的勁敵果然是尼洛。

尼洛對我的結果毫無興趣，無從捉摸的表情又讓我更加焦躁。

但所有考試都結束了。

我們也只能等待結業式時總成績的結果發表了。

我們下午就在工房裡隨心度過。

我把很努力的倉鼠們放回籠子裡，在旁邊打開紅之魔女的食譜。

最近太忙碌了，沒時間探索隱藏在食譜中的日記。

差不多也該看看紅之魔女的日記，來做做看各種料理了。

那麼，該做哪一個呢……

「原來石榴石第九小組的各位待在這裡啊？」

出乎意料的訪客，來到位於學園島邊緣的工房來。

「啊！尤、尤利西斯老師？」

那是精靈魔法學的專任教師，尤利西斯老師。

不僅是我，連尼洛和弗雷也嚇得抬起頭來。

弗雷甚至明顯白了一張臉，開始做出奇怪舉動。尤利西斯老師是弗雷同父異母的哥哥。

「請、請坐。」

尼洛以驚人速度收拾亂成一團的桌面，請尤利西斯老師坐下。

「我、我、我去泡茶！」

「各位，請別客氣。」

雖然老師這樣說，我還是跑到廚房去泡上等的紅茶。還附上蘋果果醬端給尤利西斯老師。

而尤利西斯老師呢，則是環視被我們改造得方便我們使用的工房，滿臉笑容。

「呵呵，不好意思，我很久以前也曾經使用過這間工房，很懷念，不小心看入迷了。」

「是這樣嗎？」

「魔法藥學的烏爾巴奴斯・梅迪特老師也和我同一小組，啊啊，梅迪特老師是瑪琪雅小姐的舅舅呢。正好就和你們相同，我們也在這裡互相切磋琢磨，度過學生生活。」

尤利西斯老師啜飲一口我泡的紅茶，無聲嘆息。

「那個尤金・巴契斯特也是我們小組的一員，真的，好懷念啊。」

老師帶著憂鬱的眼神，也讓我胸口揪痛。

正因為我知道尤金・巴契斯特已逝世這件事真正的意義。

「然後咧，到底有什麼事情呢？兄長大人。」

這種氣氛中，一直保持沉默的弗雷冷淡開口問。

不是喊老師，而是故意喊兄長大人。

「才剛考完試真的很不好意思，瑪琪雅小姐和尼洛同學，王宮騎士團想找你們去問前幾天的事情。」

「王宮？」

我和尼洛面面相覷，但我們也能想像是因為什麼事情。

大概是關於愛理失蹤的事吧。因為尼洛發現來到這邊的她，所以想要問問詳情吧。

「順帶一提，弗雷你呢，我有事情要直接找你商量。」

「呃！」

「別『呃』，那麼，我們走吧。」

尤利西斯老師滿臉笑容一把抓住弟弟弗雷的長袍帽子，準備要走出工房。

老師，意外地對弟弟毫不留情呢……

「那麼，就讓我們晚一點在王宮見面吧。」

尤利西斯老師朝我和尼洛一鞠躬後，帶著弗雷離開。

「瑪琪雅，要怎麼辦？」

「就算你問要怎麼辦，也只能去了吧，是王宮直接傳喚耶。」

我們只是一介學生，根本無法不理會這個命令。

所以說，我和尼洛一起拖著疲憊的身體，朝王都出發。

「勒碧絲回來工房時，看到空無一人應該會嚇一跳吧。」

「勒碧絲……她今天也去打工嗎？」

「是啊，似乎是這樣。她到底是打什麼工啊。」

啊，對了。

今天為了慶祝考試結束，回程時買個檸檬派回去吧。

在王宮的事情解決後，勒碧絲肯定也結束打工回到工房了吧。然後大家一起開個慰勞派對吧。

如此一想，也不覺得要穿過人多的王都到王宮去很辛苦了。

自從王后的手拿鏡事件後，就再也沒踏入王宮了。

「尼洛沒有進入王宮過，應該很緊張吧？」

「……還好，又不是違法入侵，也沒必要那麼害怕吧。」

我有通行證，但尼洛得接受警衛確認各種事項後才能進入王宮。

尤利西斯老師已經事先給出許可，所以也沒花太多時間就是了。

「唷，瑪琪雅小姐，好久不見呢。」

「萊歐涅爾先生！」

前來迎接我和尼洛的，是王宮騎士團副團長萊歐涅爾先生。

萊歐涅爾先生帶著我們來到王宮騎士團專屬的辦公室。

「這位同學，上次應該是在無人島承蒙照顧了。我記得你是尼洛・帕海貝爾對吧。」

「……是的。」

「要向你問話的人是我。瑪琪雅小姐，請妳在房外等一下，待會兒會有其他人來帶妳。」

「什麼，要分開問嗎？」

「哈哈哈，這當然啊。別擔心，不是要偵訊啦，只是想稍微問點事而已，請妳別這麼擔心。」

接著，就這樣把尼洛帶走，在我面前把房門關上。

尼洛，自己一個人沒問題嗎？因為他不是個愛說話的人啊。

我坐在外頭的椅子上等待，過了一會兒，有個年輕的騎士來找我，帶我到其他房間去。

「咦？」

在房裡的不是騎士團的騎士，而是這個國家的三王子。

那個從以前就視我為眼中釘的吉爾伯特王子。

他說了「坐下吧」，我只能僵硬一張表情在房間中央的椅子坐下。

「在盧內・路斯奇亞的期末考後不好意思，瑪琪雅・歐蒂利爾，我想到了我還沒有向妳道謝。」

「……嗯？」

妳？

從吉爾伯特王子口中聽到出乎意料外的人稱，而且感覺他的語調很溫和。

「那個，該怎麼說呢。前幾天真的承蒙妳關照了，母親大人手拿鏡那件事。」

吉爾伯特王子有點支支吾吾地向我道謝。

「啊、啊啊……沒、沒有的事。在那之後，王后殿下藏起來的遺物全部都找到了嗎？」

沒錯。我在不久前，發現了吉爾伯特王子的母親大人，也就是王后殿下的手拿鏡。

那個手拿鏡中，隱藏著王后殿下生前留下的訊息，以及藏在王宮各處的遺物所在位置的地圖與線索。

那天，我和弗雷也整晚沒睡一起找，但似乎還有非常多。

吉爾伯特王子那之後也在王宮裡四處尋找了吧。

「大部分都找到了，但似乎有部分藏在別墅裡，也得去那邊找才行……真是的，母親大人也真是壞心。」

果然……感覺吉爾伯特王子的氛圍有點不同。

他以前總是精神緊繃，該怎麼說呢，感覺稍微圓滑了一些。

還是該說放鬆肩膀力量了。

「那麼，找我有什麼事情呢？」

「愛理的事，那天失蹤之後，愛理也願意稍微和我說一點話了……」

吉爾伯特王子雙手交握遮住嘴邊，沉默了一會兒之後開口問我：

「妳，對愛理有什麼想法？」

「咦？對愛理？」

意料之外的提問，但我不知這個提問的意圖，有點不知所措。

「雖然有點難以置信，但妳和愛理，在異世界是朋友關係吧。對妳來說是前世了嗎？」

「……是、是的。」

「愛理沒有發現妳是原本世界的朋友，一直敵視妳。雖然不知道原因在哪，但愛理現在已經理解此事，也接受了。只不過，她似乎認為，她已經被妳討厭了。」

「……」

「我想這也是難免……妳不需要說謊，我想聽妳最真實的心聲。」

我低下視線，放在腿上的雙手緊緊握拳，稍微思考了一下。

我自己對愛理有怎樣的想法。

「我……沒有討厭她，只是有一點生氣。」

出乎意料，我馬上得到答案了。

我抬起頭，直直注視吉爾伯特王子，重新回答：

「類似吉爾伯特王子和弗雷。你們雖然兄弟不合，但沒有討厭彼此對吧？」

吉爾伯特王子，露出不像他會有的驚訝表情。

眉間的皺褶，也微微鬆開了。

接著，彷彿想表示「原來如此」，哼聲一笑。

「那麼，再來要談妳接下來的事。」

立刻轉換別的話題。

這人在工作模式中，切換速度相當快。

「妳在結束盧內・路斯奇亞第一學年的課程之後，將要以守護者的身分前往福萊吉爾。短則半年，根據狀況，也可能拖得更長。這段時間，妳要在盧內・路斯奇亞辦理休學，或是要到那邊的魔法學校留學呢？」

「！」

之所以心臟漏跳了一拍，是因為這件我盡可能不去思考的事情，變成相當有真實感的未來擺在我面前。

沒錯，我即將要離開盧內・路斯奇亞。

「路斯奇亞王國與福萊吉爾皇國相當積極讓彼此的魔法師交換留學，相關措施也很完善。所以可以簡單在彼此的學校取得學分，但是，留學期間規定得要一年。」

「一年？」

「我認為乾脆到那邊留學也是個方法。也就是說，妳二年級的學分就去福萊吉爾的魔法學校取得……這麼說來，妳的小組也有留學生呢。」

吉爾伯特王子翻閱手邊的資料，瞇起眼睛。

「勒碧絲・特瓦伊萊特。她也即將結束今年一年的留學，回去福萊吉爾。」

「什麼……」

我慢慢瞪大眼睛。

吉爾伯特王子沒有錯過我的表情，但仍平淡地繼續說下去：

「嗯，但這也不是妳能自己決定的事情，妳可以去找尤利西斯兄長大人商量。」

「……好、好的。」

我只能點頭。不管怎樣，我都得去福萊吉爾。

比起這個，勒碧絲即將離開盧內・路斯奇亞魔法學校回國的事實，更加動搖我的情緒。

因為勒碧絲從來不曾提過這件事。

謁見吉爾伯特王子結束後，我步履蹣跚地走在王宮走廊上。

雖然考試結束鬆了一口氣，但這開心的一年，和石榴石第九小組的學校生活也即將要結束了。

不僅我會離開，勒碧絲也將要回國。

尼洛和弗雷升上二年級之後也沒問題嗎？只有那兩個人也太令人擔心了。

「瑪琪雅，妳也結束了啊？」

「啊，尼洛！」

正好和尼洛碰上。

萊歐涅爾先生似乎也才剛問完話。

「咦，這孩子……」

而且不知為何，尼洛手上抱著一隻黑貓，那是很眼熟的黑貓。

我張大嘴，伸出手指用力指向那隻黑貓：

「諾亞！」

「……果然沒錯，如果我沒有搞錯，這是勒碧絲的精靈諾亞。」

「怎、怎麼回事？為什麼諾亞在這裡？」

「我碰巧看見牠在王宮走廊上四處亂晃，想說該不會是從哪裡跑進來的吧，就想著要帶牠回去……」

此時，諾亞從尼洛懷中輕巧一跳。

接著迅速竄過我的腳邊，腳步輕盈地往哪邊前進。

「等、等等啊，諾亞！」

勒碧絲現在肯定很擔心吧。

但諾亞的動作迅速，就算我飛奔過去還是尼洛搶先跑到牠前面，都被牠鑽過去。在王宮內沒有許可不能使用魔法，王宮的女傭和衛兵們似乎覺得很可疑地看著我們……

「抓到了！」

費盡千辛萬苦，好不容易逮到諾亞了。

這才發現我們已經跑出宮殿，來到穿過庭園後會抵達的魔法圓頂競技場入口前。

「這裡是……」

愛理之前召喚大精靈的龍給我看的地方。

聽說這裡用來訓練大規模的魔法。

「喵～～喵～～」

諾亞在我懷中叫個不停。

完全靜不下來，到底是怎麼了啦。

——就在此時。從圓頂競技場中傳來強烈魔力的波動，還聽到激烈的爆破聲。

我和尼洛嚇得面面相覷。

「……去看看吧。」

「咦？等等，尼洛！」

我追在莫名積極的尼洛後面，走進魔法圓頂競技場中。

肌膚刺痛感覺到的是魔法的餘波，到底施展了怎樣的魔法啊。

競技場中，可目視到黑色漩渦般扭曲的魔力，我完全被嚇壞了。

而且在那中心的，是我非常熟悉的人「們」。

「這點程度就求饒，那你永遠不可能使用這個魔法了。」

低沉，包含強烈意志的女性聲音響起。

「站起來，托爾・比格列茲。就算會死，也非得要讓你能夠使用這個魔法才可以。」

「……我非常明白，勒碧絲・特瓦伊萊特老師。」

我以為我看錯了。

用劍撐在地上，雙膝跪地調整呼吸的，是托爾。

而面對這樣的托爾，靜靜低頭俯視他的人，是身穿黑色長袍的勒碧絲。

為什麼勒碧絲和托爾在這裡，而且看起來，勒碧絲似乎在教訓托爾。

也就是說，剛剛施展那個魔法的人，是勒碧絲或托爾囉？

不對，在這之前，拜託有誰來替我說明狀況啊。

「勒碧絲，是妳嗎？」

尼洛開口喊她，勒碧絲嚇了一跳轉過頭來。

「尼洛同學和……瑪琪雅？」

我連眨眼也辦不到，只能茫然呆站著，身旁的尼洛在我面前用力拍手，才終於將我拉回現實。

「你、你、你們認識嗎？」

驚訝的我朝兩人伸出手指，勒碧絲微微別開眼說：

「啊，那個……嗯，是的。其實這就是我的打工。」

跪在地上調整氣息的托爾也腳步不穩地站起身，將劍收回腰間的劍鞘。

「小姐，真的很不好意思，讓您看見如此丟臉的一面。勒碧絲老師……其實正在教我於特瓦伊萊特一族傳承的祕術。」

「勒碧絲老師？」

在此，終於解開長久以來勒碧絲充滿謎團的打工之謎了。

也就是說，勒碧絲的魔法家教學生就是托爾。

「咦、咦？怎麼一回事？從什麼時候開始？話說回來，為什麼托爾要學特瓦伊萊特的魔法？」

「哎呀，瑪琪雅小姐，妳到這邊來了呀。」

就在此時，尤利西斯老師出現在魔法圓頂競技場裡。

看見我混亂不解，抱頭煩惱的樣子，察覺了我現在的狀況。

「嗯～看來妳似乎嚇了一大跳呢。」

沒錯，我仍絲毫無法理解。

「有個魔法無論如何都希望托爾可以學會，而這是特瓦伊萊特一族傳承的祕術，也是我們今後必要的魔法。那麼托爾，你的進度如何……」

啪噹。

被詢問的托爾，一句話也答不出來癱倒在地，就這樣如屍體般一動也不動。

「托爾？托爾、托爾～～」

他完全失去意識，不管怎麼喊他的名字，他都沒有醒來。

他確實從剛剛起一直沒有站穩過。

勒碧絲教他的魔法，該不會是會造成身體嚴重負擔的魔法吧？

「……啊，托爾，你醒了啊？」

托爾睜開眼，露出懵懂的稚氣表情一段時間。

一發現我正低頭俯視他，臉頰意外爆紅迅速起身。

沒錯，我讓托爾躺在我的大腿上。

這是因為，托爾似乎在那個魔法修行後絕對會昏倒，過一陣子就會醒來。

尤利西斯老師說，與其送他到醫務室去，倒不如讓他接觸外頭清新的魔力會比較好。所以我就在王宮的庭園裡當托爾的保母。

托爾雙手遮臉，用力嘆一口氣。為什麼啊。

「該不會是我的大腿太硬了？你會頭痛嗎？」

「不、不是！不是這樣。只是……我果然昏倒了嗎？而且還是在小姐面前。太丟臉了，唉啊啊啊～」

托爾異常大受打擊。

這確實是托爾第一次在我面前出現那樣腳步不穩，全身無力的模樣。

如果是我昏倒，托爾在旁邊照顧我的狀況，可是如繁星般數也數不清呢。

「一、一點也不丟臉！我雖然只看到一點點，那個魔力波動非常驚人。你們到底在做什麼魔法特訓啊？我問了尤利西斯老師和勒碧絲，他們也不正面回答我。」

「……」

「啊，說的也是，如果那兩個人保密，那托爾也得保密嘛。」

托爾仍沉默不語。

保持神祕感，是魔法師的原則。用這解釋一切後，我也無法繼續追問。

「但如果這魔法會對身體造成這麼大的負擔，我很擔心。」

「小姐有資格說嗎？」

托爾幹嘛露出這麼驚訝的眼神啦。

「你是指『紅之魔女』的魔法嗎？」

「是的，小姐使用紅之魔女的魔法之後，總是會昏倒。上次甚至還流出血淚，我打從心底擔心您，害怕您會不會就此失明。」

「說的也是，那個……真的很恐怖對吧，已經是驚悚了。」

「我不是那個意思……小姐真是的，真的太讓人操心了。」

咦？為什麼會變成我被托爾教訓啊？

只不過，托爾的表情仍舊悶悶不樂。

「……對不起。其實是因為我在競技場中訓練的那個魔法，我一直做不好，所以才會故意刁難小姐。」

接著，低聲口吐喪氣話。

這副模樣，讓我覺得相當稀罕。

「喔，托爾也有做不好的魔法啊。」

雖然對托爾很不好意思，但我呵呵輕笑。

就算被托爾側目瞪著也不在意。

「這是當然，我做不好的事情可多著。」

「明明以前是個和我相較，不管什麼都能輕鬆辦到，一點也不可愛的男人耶。但是會像這樣子沮喪，托爾果然也是個普通男生。」

「普通嗎？」

「哎呀。這可是你以前對我說過的耶，『普通』，在我調配魔法藥失敗時。」

那時的我只覺得托爾在挖苦我，而對托爾燃起滿腔競爭心態啊。

多虧如此，我調配魔法藥的功力大幅增長。

「真虧您記得如此清楚，那麼小時候的事情。」

「當然記得囉。」

「但是……當時的失敗和現在的失敗，意義完全不同。」

「是嗎？沒有不同。我也在魔法學校裡理解自己的擅長與不擅長，也知道有遠比我優秀的人。但是啊，就不同領域來說，我當然也很厲害啊！」

我用力拍上自己胸膛如此斷言。

「……小姐，還真是自信滿滿呢。」

「我只是理解自己了。小時候，我很懷疑自己是不是真的有才華。因為比較對象只有你啊，那當然會感到不安。因為托爾比我還厲害，什麼都能做得很好啊。」

我鼓起臉頰挖苦托爾，但托爾的表情越變越陰沉。

可以感覺沉重的壓力壓在他身上。

和在學校裡自由學習的我不同，他到底背負著什麼啊？

「嗳，話說回來，到底是為什麼要教你特瓦伊萊特的祕術啊？」

特瓦伊萊特的祕術，大概就是「黑之魔王」留下來的魔法沒錯。

正如我們歐蒂利爾一族是「紅之魔女」的後裔一般，特瓦伊萊特一族是「黑之魔王」的後裔啊。

「因為托爾不是特瓦伊萊特一族的人，對吧？你確實和勒碧絲長得有點像，像是黑髮和紫眼這些。」

「我也不太清楚，但我似乎有使用空間魔法的適性。」

「空間魔法的適性？」

「尤利西斯殿下表示，或許我可能擁有特瓦伊萊特一族的血統。勒碧絲老師，是為了要教我這個魔法，才特地到路斯奇亞王國來。」

「……」

勒碧絲以前似乎曾經提過。

她曾說過，自己是為了教會某個人這個魔法，才被找來路斯奇亞王國。

也就是說，這件事情早在我進入盧內・路斯奇亞就讀前就開始進行了。

「但為什麼你非得學會這個魔法不可呢？因為你是守護者？」

「……這也是原因。但我現在，只是單純想變得更強。」

我看見托爾偷偷握緊拳頭。

托爾的頭微微低垂，他的表情被黑色瀏海遮掩。

「我感覺小姐離我越來越遠……這讓我感到很焦慮。」

「咦……？」

托爾稍微抬起頭，從他的黑髮縫隙看我。他的眼神帶著一點哀傷。

「施展出紅之魔女魔法的您，和魔法學校的同學們勤勉向學的您，重要的事物越來越多的您……但是，只有我完全沒有成長。」

「托爾……你……」

「我不想要再讓小姐使用那種魔法了。危急之時，我也想要有強大的力量保護您，不是別人而是您。如果沒辦法保護您，我根本沒有任何活著的意義。」

這句話我以前也聽他說過。

當時的我毫無餘力，無法深入思考這句話的意義，但是……

「該不會是因為我……害怕卡農將軍吧？」

沒錯，就是那時。

「這只是原因之一。在那之前，我早已開始學習特瓦伊萊特的祕術了。但是，我只是……或許我只是想要被您需要吧。」

托爾皺眉苦笑，但他的笑容稍縱即逝。

「你、你在說什麼啊！托爾對我很重要，現在仍然是我最重要的家人啊！」

這種說法，彷彿我已經不需要托爾了。

我拚命告訴他才沒有那回事。

「那麼請讓我換個問法，對您來說最舒適的場所，已經不是我的身邊了，對吧？」

「……」

托爾這個問題，讓剛剛還氣勢十足說話的我，一瞬間啞口無言。

因為我有點難以否定這點。

正因為毫無自覺，讓我嚇一大跳。

「對不起，問了一個難以回答的問題。」

托爾是不是對我失望了？

或許，托爾比我更加透徹地看清我這個人。

「感覺只有我一個人，執著於您，以及老爺所在的德里亞領地。而這偶爾會讓我感到非常孤寂。但這只是我的自言自語，請您忘了吧。」

我的胸口緊緊揪了起來。

我根本不知道托爾竟然有如此想法。

淚水之所以差點奪眶而出，是因為時至此刻才終於明白，離開德里亞領地這件事，托爾遠比我更傷心。

「喂～組長～」

此時，傳來喊我的聲音。

朝聲音方向看去，石榴石第九小組的弗雷、尼洛和勒碧絲站在稍遠處。

肯定是待在王宮裡等我吧。

「啊……」

但是，我不能在這個時候去他們身邊……

「別介意，小姐，請回去吧。」

「但是，托爾。」

「……」

托爾露出悲傷微笑站起身，接著朝我伸出手，溫柔地拉我起身。

這充滿騎士風範的舉止，反而讓我感覺像對待外人般的多禮。

「夜也漸深了，請您和小組成員們一起回學校……我也得離開才行了。」

他在交握的手上輕輕一吻，接著再也沒看我一眼，轉頭離開。

我只能目送他的背影。

「……托爾。」

托爾這麼一說，我才發現。

我或許確實沒有強烈的，想要和托爾一起回去德里亞領地的想法。

我懷抱著想見托爾的心思來到這個王都，而我的目標已經達成了。

但托爾和我不同。

托爾一直夢想著回到德里亞領地這個故鄉，回到我們歐蒂利爾家的家人所在的那個德里亞領地去。

他一直、一直以此為目標努力至今。

但是，托爾是從何時察覺，當事人之一的我並沒有相同目標的呢？

一想到托爾的心情，我好難過，因為，那是種無比孤寂的心情啊。

「托爾，不是那樣，我……我對你……」

沒錯。我肯定，打從根本和托爾不同。

托爾想要回到過去，但我已經察覺自己對托爾的愛意了。

所以，我已經無法回到過去了啊，托爾。

在空無一物的荒野正中央，只有我們隨心所欲過生活，幼時那段燦爛的日子。

只有彼此，如此一來便完美無缺的，單純騎士與小姐的關係。

第四話　結業式

那天晚上，我遲遲無法入睡。

掛心的事情太多，心裡亂成一團，令我束手無策。

「瑪琪雅，妳睡不著嗎？」

昏暗房內，躺在隔壁床上的勒碧絲低聲開口。

「……嗯，有點。」

「妳和托爾先生之間發生什麼事了嗎？從王宮回來的路上也是一臉悶悶不樂。」

「是啊，算是那樣吧。」

「該不會是關於我教他的魔法吧？」

勒碧絲的聲音透露出憂煩。

就算在黑暗中，我也能想像她的表情。

「不是，不是那樣的勒碧絲。雖然我當然也很在意那件事情……但是，我和他有點不同調了吧。」

「不同調……嗎？」

「噯，勒碧絲，我可以去妳那邊嗎？」

「咦？可以啊……」

雖然勒碧絲感到有點訝異，但我爬出自己的床，迅速鑽進勒碧絲的被窩中，勒碧絲空出身邊的位置給我。

「噯，勒碧絲在結業式後，就結束在盧內・路斯奇亞的留學了嗎？」

「對……」

「妳要回去福萊吉爾嗎？」

「對，就是這樣，瑪琪雅。」

「……這樣啊，原來是這樣啊。」

我剛剛在王宮聽到的，關於勒碧絲的事情。

她到盧內・路斯奇亞留學的時間為一年，明年似乎就要回去原本所屬的福萊吉爾皇國的魔導研究機關。

所以說，她不會在這間學校畢業。

稍微思考一下就能知道。

但我一直以為，我們會一起以石榴石第九小組成員的身分一直在這間學校念書。

一直有這種錯覺。

明明我自己也因為守護者的身分，即將離開這間學校。

「瑪琪雅打算怎麼辦？」

「咦？」

「瑪琪雅也要來福萊吉爾皇國對吧？以守護者的身分。」

「……」

我一時之間無話可說。

但從勒碧絲教托爾魔法的立場來看，也不感到意外了。

「這樣啊，勒碧絲已經知道了啊，知道我是其中一名守護者。」

「是的，因為我是在王宮命令下，前去指導托爾・比格列茲空間魔法的。指導瑪琪雅前任騎士的他。」

「妳還記得我之前說過的話嗎？說我認識一個和妳長得很像的人。那個人就是托爾，妳認為呢？」

我一問完，勒碧絲發出「嗯～」聲稍微沉思：

「這個嘛，我覺得『難怪妳會那樣說』，還以為是失散的兄弟呢。」

「是不是！要真是那樣就太有趣了～」

我們一起輕輕咯咯笑出聲。

「托爾說他遲遲無法好好施展勒碧絲教他的魔法，非常沮喪。我還是第一次看見托爾那樣……噯，勒碧絲怎麼看這部分啊？」

「……這個嘛，雖然還很粗糙，但完成度正逐步上升。他是有驚人才華的人，只要抓到感覺應該就能立刻上手。而且話說回來，這個祕術本就不是能在如此短暫時間內學會的魔法。」

「是喔～那就勒碧絲來看，托爾果然是很有才華的人囉。」

「是的，非常。」

聽到朋友誇獎自己的家人讓人太開心了。

但另一方面，我想起今日得知的托爾的心情，又一陣鼻酸。

「瑪琪雅？妳還好嗎？」

「沒、沒事，沒事。」

勒碧絲似乎很敏感地察覺我的心情動搖。

我又試著問了勒碧絲一個我一直相當好奇的事情。

「噯，勒碧絲為什麼會來這個國家……會來盧內・路斯奇亞魔法學校呢？如果只是要教托爾魔法的話，應該不需要來盧內・路斯奇亞念書吧？」

勒碧絲稍微沉默了一陣子。

「……因為我有想要搶回來的東西。」

用著她罕見的強硬聲音如此道。

「想要搶回來的東西？」

「……」

我靜靜等待勒碧絲回應。

因為感覺從這一句話中，窺見了我所不知的勒碧絲的情緒。

如果她什麼也不想說，那我認為不能強迫她說出來，但勒碧絲過了一會兒之後，開始說起她的身世。

「以前，我曾經對妳說過，特瓦伊萊特一族是『黑之魔王』的後裔，對吧。」

「對，我聽妳說過。」

我記得應該是第一次進行小組課題那時的事。

在藥園島瀑布後方的洞窟中，我們石榴石第九小組成員間提到這個話題。

「特瓦伊萊特一族，隱居在艾爾美迪斯帝國與福萊吉爾皇國間國境的山中，被稱為夢幻一族。因為我們不曾下山到尋常村莊居住。我們繼承『黑之魔王』留下來的魔法，不附屬帝國或皇國，貫徹我們獨有的自治。」

勒碧絲說，他們是一個宗族，同時也是一個自治國家。

之所以封閉起來，勒碧絲說她聽上一代的族長表示，是因為那位魔王的魔法在外界廣傳是一件相當危險的事情。

「我們過著很和平的生活。但某天，臣服於艾爾美迪斯帝國的魔物軍隊來了，闖進特瓦伊萊特的隱世鄉里，把整個村莊燒了。接著抓走會使用魔法的人，虐殺了剩下的人。老人、女人和孩子，全部。」

「什麼……」

「太奇怪了對吧？過去被『黑之魔王』拯救的魔物們，竟然來殺了身為魔王後裔的我們耶。忘記那位魔王給予的恩惠，效忠帝國……」

「……」

總是沉著冷靜的勒碧絲，聲音中透露出藏也藏不住的憎恨。

充滿憤怒的強烈魔力傳來。

她這讓人認為理所當然的憎恨、過往與背景，讓我啞口無言。

「我和一族的幾個人好不容易逃出生天，接著向福萊吉爾皇國求救。福萊吉爾收留了倖存下來的我們，現在仍保護著我們。但是一族大半的人，不是被帝國囚禁，就是被殺了。」

棉被往下滑落。

勒碧絲將自己的義肢伸出棉被，在黑暗中舉高。

「那天的景色，燒灼在我眼中的火焰，我無法忘記。帝國想要的，是『黑之魔王』的祕術笈，以及特瓦伊萊特一族建立起的『轉移魔法』的技術。」

「轉移……魔法……？」

聽到這段話，我身體竄過一陣寒氣。

這和某件事情在我腦海中連接起來了。

帝國的「轉移魔法」技術在近幾年出現飛躍性成長，就連這個路斯奇亞王國，他們也試圖想要伸出魔手。

前陣子舉辦的友盟國高峰會上也曾提及這話題。

而這大概，是起始自對特瓦伊萊特發動攻擊之後——

「瑪琪雅應該發現了吧。帝國的轉移魔法技術增長，是因為強迫特瓦伊萊特的魔法師服從，讓他們開發了好幾種專門用在戰爭上的道具。我們一族繼承的『黑之魔王』魔法，已經落入帝國手中了。」

這事態多嚴重，勒碧絲和國家高層肯定比我更加理解。但我也稍微能夠想像。

舉例來說，這就像「紅之魔女」的魔法落入敵國手中……類似這樣吧？

「勒碧絲接下來要怎麼做？」

「我想要讓被帝國囚禁的族人解脫，為此，我會持續戰鬥下去。」

「來到盧內・路斯奇亞，也是為了妳的戰鬥？」

「對，就是這樣，但我不能再說更多了……」

「……」

我們沉默了一陣子。怎樣都擠不出一句話來。

我是「紅之魔女」一族的後裔。

正因為如此，感覺我和被相提並論的「黑之魔王」後裔的勒碧絲之間有能互相理解的部分。

但是，完全不同。我和勒碧絲的背景相差太遠了。

雖然身為紅之魔女的後裔，我們受到許多嘲諷與被人說閒話，但勒碧絲看見了滿村的鮮血，失去故鄉與同胞。在經歷悲劇與絕望之後，走到今天。

全部都是為了要拯救被囚禁的同胞們。

「妳手腳的義肢，該不會是……」

「對，這是在逃離特瓦伊萊特村莊時失去的。但我也因此得到了其他力量，所以這個義肢對我來說，並不是那麼討人厭的東西。」

「但是……太過分了！我出生在和平的路斯奇亞王國，完全不知道外面的世界。沒想到勒碧絲竟然有過那種遭遇……」

難怪外國的人會說路斯奇亞王國的人全都和平痴呆了。

在外頭，發生許多難以想像的殘酷事情，生與死只在一線之間，每個人都畏懼著戰爭。

勒碧絲說她是在十歲時失去手腳。

十歲。我在那個鄉下地方，深受父母的寵愛，過著幸福的生活。

我緊緊握住勒碧絲右手義肢。

冰冷堅硬，至今，我從不曾在意過勒碧絲義肢的觸感。

但是，只有這次不能如此。

一想到她失去的東西有多重大……

「有什麼我能做的嗎?」

身為勒碧絲的朋友。

但我不認為自己能做些什麼,我果然還只是個微不足道的魔女……

「我想,瑪琪雅肯定有非常重要的使命。」

「那是指身為守護者嗎?還是指身為紅之魔女的後裔?但我自己一點也不特別啊。」

「不,才沒有那回事,瑪琪雅很特別唷。」

勒碧絲小聲加上一句「至少對我來說」。

「不只是瑪琪雅,弗雷同學和尼洛同學肯定也都有很特別的使命。」

「……石榴石第九小組?」

「對,就是如此。」

我沒想到會在此聽到他們的名字,稍微有點驚訝。

「和你們的相遇,肯定會大幅……左右我的將來吧……」

勒碧絲小聲說完後,就再也沒開口說話了。

因為沉默時間太長,我轉過頭去看,勒碧絲已經閉上眼睛睡著了。

我聽見她發出小小鼾聲,應該真的睡著了。

勒碧絲只要一睡著就沒辦法馬上叫醒。

「勒碧絲……」

我往勒碧絲身邊挨，稍微哭了一下。

不知道是不甘心還是覺得自己很沒用，心中充滿我也不懂的情緒。

再次回想起勒碧絲說出的自身遭遇，腦袋不停思考。但那肯定是我無從想像起的殘酷事情。

對勒碧絲來說，是絕對無法遺忘的記憶吧。

終於來到結業式這天。

從入學到今天，雖然發生了許多事件，但校園生活基本上很和平、很有意義。

雖然不知道會有怎樣的結果，但我能充滿自信地說我這一年相當努力，而且也覺得毫無遺憾。

接著，石榴石一年級的結業式，就在燈塔紀念廣場中舉辦。

聳立在盧內・路斯奇亞魔法學校最高峰，頂著魔法水晶的大燈塔——在這學校的象徵性建築前，學生們整齊排列。

「喂，組長，那不是救世主小妹妹嗎？」

「咦？」

弗雷戳了我的肩頭後我才發現，來賓席上有個眼熟的少女，一副「微服出巡」的樣子坐在那邊。

是愛理，為什麼愛理會在這裡？守護者們也在旁邊。

「啊，是托爾……」

托爾也在愛理身邊，托爾發現我的視線後，一如往常微笑朝我鞠躬。彷彿昨天的事情根本沒發生過。

結業式開始，肅穆地進行。

「那麼，石榴石一年級的各位同學。現在要發表本年度的成績優秀者！」

萊拉老師大聲宣布。

每個學生都很緊張，典禮的氣氛因而改變。

這個瞬間終於到來了。

在總和下學期考試的結果後，將在結業式中發表各學科的成績優秀者。

「魔法藥學第一名，瑪琪雅・歐蒂利爾。」

「太好了！」

我第一個被唱名，我忍不住開心握拳。

旁邊的人替我鼓掌。

但這如我預期，是絕對不能有差池的科目。

不對不對，舅舅肯定沒有偏心，我下學期的考試可是滿分呢！

「元素魔法學第一名，貝亞特麗切・阿斯塔。」

「喔～呵呵呵，這是當然的啊！」

熟悉的高聲大笑響起，當事者的小跟班們獻上熱烈掌聲。

……嘖，這科被貝亞特麗切拿下了啊。

元素魔法學是阿斯塔家最擅長的領域，貝亞特麗切肯定也是絕對不能放過這科而拚命努力了吧。

這邊就老實認同她，好好誇讚她吧……恭喜妳啊，貝亞特麗切！

「魔法世界史第一名，尼洛・帕海貝爾。」

「……」

「喂，尼洛你也稍微開心點啊。」

難得我們第九小組又有一個人得到單科第一名耶，當事人彷彿事不關己。完全看不出他的表情到底開不開心。

所以我們第九小組的成員，拚了命替他鼓掌。

「接下來要發表魔法體育的第一名！」

大概是自己負責的科目吧，萊拉老師加大了音量。

「魔法體育第一名，丹・賀蘭多！」

「——什麼！」

在此殺出程咬金了。沒想到竟然是第三小組的小組長丹・賀蘭多拿到第一！

不對，那傢伙確實是學年出類拔萃動作敏捷的人，大概在最後的實技測試得到高度好評了吧。

獎學生候選人的我、尼洛和貝亞特麗切三人，唯一可說不擅長的，或許就是魔法體育這一科了。

第三小組的成員說著「真不愧是丹！」「丹果然超帥氣啊！」拚命誇獎他。

魔法體育第一名，能獲得學校推薦成為王宮魔法兵或是魔法騎士，對將來想到王宮工作的人來說，是可以開拓未來道路的特別科目，順帶一提，我第二名。

嗚嗚～這樣一來就不知道總成績會怎樣了。

「最後是精靈魔法學第一名——尼洛・帕海貝爾！」

「什麼，又是尼洛！我果然在筆試上面有很多小錯誤吧～」

「瑪琪雅妳很吵。」

輪來輪去，尼洛又拿走一個第一名了。

但那個超級困難的精靈魔法學筆試，尼洛是學年唯一拿滿分的人，會拿第一名也是理所當然。

在最後實技測試的尋找精靈遊戲中，他也拿到與校長並列的大精靈——燈塔守護者吉恩的簽名啊。

我毫不隱藏自己的不甘心，而貝亞特麗切也咬著自己的指甲，我們彼此都別灰心啊……

發表完各科第一名之後，我校的潘校長從大鏡子中露臉。

「那麼，在此發表石榴石一年級最後的小組課題『生活魔法道具競賽』的結果！」

來了！

這可能是決定石榴石獎學生的相當重要的分數，生活魔法道具競賽的結果。

我緊握拳頭，緊緊盯著潘校長從大鏡子中冒出來的臉。

「生活魔法道具競賽的第一名是……石榴石第三小組的『魔法玩具Young Junk』！」

「太棒了啊啊啊啊啊！」

高聲歡呼的不是我們第九小組，而是競爭對手的第三小組成員們。

啊啊，這樣啊～我們輸了……

而且似乎還是因為魔法道具的名稱不帥氣？

我們取的名稱為「魔導式小型暖氣機暖呼呼」，是因為名字太蠢而被扣分？

但第三小組得第一名也讓人很能接受。

因為連尼洛也在身邊頻頻點頭。

「石榴石第三小組的各位同學，請上台。」

生活魔法道具競賽是在王都企業與商會的贊助下才得以成立，所以優勝的小組成員們可以得到獎盃和獎品當紀念，什麼啊，太令人羨慕了。

第三小組的大家，有點緊張地上台。

接著，麥克風交到小組長丹手上。

丹一臉「看吧」的滿足表情，開口第一句就是：

「哎呀，這是當然啊，我們才不會輸給有錢人家的溫室小花們呢。」

貴族出身的學生們用力喝倒采。

看在庶民出身的學生們眼中，他們的身影看起來帥氣閃亮，所以尊敬的眼神也同時聚集到他們身上。我們學年的新領袖誕生了。

「你想把這個成果告訴誰呢？」

潘校長出其不意的提問，讓丹原本驕傲的表情突然緊繃。

不僅是丹，石榴石第三小組的大家全部相同。

丹用力咬牙，抱著獎盃努力擠出聲音：

「真希望巴契斯特老師也可以看見……」

看到壓著頭上頭巾，流下男兒淚的丹，讓我也跟著想哭了。

是啊，石榴石第三小組是由孤兒院出身的學生組成的小組。

之前曾經從第三小組成員口中聽過，他們能進入盧內・路斯奇亞就讀，尤金・巴契斯特老師幫了很大的忙。

丹・賀蘭多，以及追隨他的其他小組員們，大家在恩人巴契斯特老師過世後，到底有多麼悲傷呢？

他們確實證明了，巴契斯特老師引導他們走到這一步是「正確答案」，接下來也會繼續證明下去。

我為他們獻上熱烈掌聲。

恭喜，真的很恭喜。

他們製作的玩具當中，也使用了我找來的軟膠球，這讓我有點驕傲。

不僅是我，尼洛和勒碧絲也是，連弗雷也不太甘願地拍手。

「那麼，讓大家久等了，接下來要發表總成績第一名。」

學生們悄然無聲。

我嚥下口水，等待校長先生下一句話。

因為終於要發表總成績第一名了。

總成績第一名，可以得到石榴石獎學生的榮耀。

「……？」

但就在此時。

感覺到地面輕微搖晃的不安穩感，大家都四處張望，些微嘈雜。

怎麼了啊，是地震嗎……？

最近地震真多耶，就在我如此思考時——下一秒出現連站也站不穩的天搖地動，還響起刮玻璃的討厭聲音。

「呀啊啊啊啊！」

大家一起發出尖銳慘叫。

燈塔上的巨大魔法水晶迸裂爆開，尖銳的碎片朝在廣場中的我們身上掉下來。

學生們的正上方，出現好幾重堅固的魔法牆，這是老師們的魔法。

其中尤利西斯老師一臉嚴肅，抬頭看燈塔。

看著被破壞的魔法水晶殘骸。

當我蹲下身時，身邊的尼洛低聲說：

「我看見了，一道光波衝擊從旁邊一直線過來，故意破壞了那個魔法水晶……」

「你說什麼？」

雖然有點難以置信，但尼洛的眼睛戴著魔導式隱形眼鏡，總是在分析著些什麼。如果他說他看見了，那肯定如此。

攻擊？是誰？為了什麼目的攻擊這間學校？

那個魔法水晶，我記得就是這間盧內・路斯奇亞各種魔法機能的關鍵。

魔法水晶被破壞，就表示魔法學校現在失去魔力供給，處於各機能停止的狀態中。這應該非常危險吧……

「唔！」

就在我們混亂之時，盧內・路斯奇亞魔法學校的南側上空出現一個巨大的魔法陣。

我曾經看過那個魔法陣，不禁倒抽一口氣。

「騙人的吧，那個魔法陣……」

「對，沒有錯，那個是帝國轉移魔法的魔法陣……」

身邊的勒碧絲也擠出聲音來斷言，就算再不願意也領悟了。

——這是，來自北邊艾爾美迪斯帝國的攻擊。

有什麼東西從魔法陣中降落，點點的黑色之物。

一開始完全搞不清楚狀況，但使用遠視魔法的老師，以及戴魔法隱形眼鏡的尼洛，露出難以置信的表情。

我又再次看天空，接著定睛凝視。

從天而降的黑色點點，感覺似乎是有著扭曲形狀的生物體……

「該不會……是魔物……？」

會覺得那是假東西或玩偶裝，是因為我們活到今日從未見過那種東西。

但是我知道，我看過好幾次標本了。

那是──魔物，而且絕對是大鬼。

「是魔物！魔物降落在盧內・路斯奇亞校內了！」

某個人急迫的大叫聲，讓學生們也知道這件事了。

「魔物……」

「騙人，為什麼會出現在路斯奇亞王國……」

僅僅一瞬，恐懼全面取代困惑。

四處響起的驚叫聲變得更尖銳，每個人互相推擠，想要逃跑。以為絕對安全的校園，正被未知的恐懼控制。

「冷靜點！大家遵從萊拉老師的指示，到迷宮去！」

「迷宮入口在這邊！別推擠！」

梅迪特老師和萊拉老師的聲音，在廣場上大聲響起。

盧內・路斯奇亞的教師們揚高聲音，開始引導學生前往地底下的學園島迷宮避難。

完全沒有真實感，但現在此刻，學校正遇到緊急狀態。

至今也發生了各種事件，而這件事不顧我們的意願，與學業告一段落的同時發生了。

——今天這天，會改變些什麼。

每個人肯定都這樣想。

我有預感，心胸不安。

下一秒，炫目光線照亮周遭，讓我驚訝抬起頭。

「尤利西斯……老師……」

尤利西斯老師站上台，朝上方高舉魔杖。

尤利西斯老師施展魔法後，破裂的燈塔魔法水晶逐步修復。

魔法水晶的碎片帶著光芒重新組合的瞬間，響起「叮」的好聽聲音。

老師的魔法——修復損壞物品的那幅模樣，連在這種情況中也覺得美麗。

「拉狐思！」

接著，尤利西斯老師大喊某位精靈的名字。

一身亮澤橘毛的狐狸在尤利西斯老師面前現身，搖身一變成為青年人類。那是我以前曾見過的園藝師拉狐思。

「吟遊狐狸拉狐思，在此參見。」

他接著拿下插著羽毛的帽子，優雅敬禮。

「說明狀況。」

「是的，正如殿下所想像，帝國魔法師打破學園島的結界，且破壞了魔法水晶。地震發生時，魔法水晶的機能暫時前去應對地震，應該是在那時被趁虛而入。」

「帝國的魔法師……？」

「有複數名擅長空間魔法的魔法師入侵盧內．路斯奇亞了。他們把閘門設置在淺灘上，展開那個大規模轉移魔法。」

拉狐思態度飄然地回答，但尤利西斯老師表情嚴肅。

「學園島上有非常多學生，讓學生避難為最優先。」

尤利西斯老師拿魔杖朝地面用力一敲。

接著用嚴肅的語氣命令：

「敬告所有守護盧內．路斯奇亞的精靈——保護在學園島上所有的學生，引導他們到迷宮避難。」

樹木搖晃騷動，由此可知風前去轉達所有精靈命令。

為什麼此時，尤利西斯老師可以對盧內．路斯奇亞所有的精靈下命令呢？不知道這是不是賦予教師的權限……

不管怎麼看，這都是相當危機的狀況。

大規模轉移魔法，能讓敵人連來襲的預兆也沒有，以突襲的方法進攻。這會引起我們混亂，不給我們攻防戰以外的選項。

我該怎麼做才好呢，該怎麼做……

「組長！別停下腳步！老師要我們逃往地底對吧！」

「啊……」

但是，弗雷抓住我的手，被學生人潮推擠，我疾步朝開放的地底迷宮入口前進。

邊受著強烈的糾葛以及猛烈不安襲擊。

學園島迷宮──建於盧內・路斯奇亞地底下，固若金湯的最後堡壘。

學生們被引導至第一層的「鹽岩迷境」避難。

這裡是我們之前曾在小組課題上課中使用的地點，白色砂糖般的通道與階梯，在挑高空間中如迷宮般相連結。聽說此處的建築材料，是我的祖先「紅之魔女」過去所提供的鹽之森林中的鹽。

在那堂課上，設置了我們需要打敗的魔導傀儡，但現在連魔導傀儡也是保護學生們的魔導傀儡士兵。

從低年級到高年級，所有年級學生全擠在一起，由此可知，大家都在學園島上各處舉辦的結業式途中被引導至此避難。因為各學年的結業式就在相近的地點舉辦。

前往迷宮的入口肯定也散落在學園島各處，一定是規劃成緊急狀況發生時，大家能逃進這裡避難準沒錯。

每個學生都一臉蒼白，嘴唇也呈青紫色。

這也難怪，雖然距離遙遠，但他們生平第一次看見魔物這東西。

敵國丟下數也數不盡的無數魔物，入侵這間和平學校，直接逼近我們。

「要是那種東西跑來盧內．路斯奇亞，會變成怎樣啊。」

「大家肯定都會被殺。」

「我從來沒有見過那般醜陋的怪物……」

四處傳來充滿不安與恐懼的聲音。

我們不知道外面狀況怎樣，也不知道接下來會變成怎樣。

就算待在這裡，可能也會遭受攻擊。

這不僅是學校內——這個是，路斯奇亞王國整體的問題。

為什麼會變成這樣呢？

明明國家和學校皆萬分戒備啊。

巴契斯特老師被「青之丑角」竊取身體時，是不是洩漏了什麼重要機密，才會發展成這種狀況呢？

以今日為界，長久以來受到守護的這個國家、我們的平穩生活，被破壞殆盡——

「喂，組長，妳還好嗎？」

弗雷搖動我的肩膀。

我回過神來，交錯看著就在身邊的弗雷和尼洛的臉。

但在此時我才終於驚覺。

「噯……等等，勒碧絲不見了。」

「！」

我以為她一直和我們在一起。

但不管往旁邊怎麼看怎麼找，都找不到勒碧絲，沒有看見她。

我這個笨蛋……光是思考那些我根本無能為力的事情，沒有先確認最重要的夥伴們的安危。

「她該不會還留在地面吧……」

「她可是那個勒碧絲小姐耶！怎麼可能來不及逃跑。」

弗雷表情緊繃搖搖頭。

「……不，她或許是故意留在地面上的。」

尼洛深有含意的這句話讓我瞬間停止呼吸。

不，這怎麼可能，但是……大概是因為才剛得知勒碧絲的身世，現在各種臆測在我腦海中迅速閃過。

接著回想起逃難時尤利西斯老師和拉狐思之間的對話。

掌控盧內．路斯奇亞的魔法機能的魔法水晶，是因為擅長空間魔法的複數魔法師，趁虛而入破壞了結界才被打壞……

「……」

不行，我還是得去找勒碧絲才行！

我有種非常不好的預感，感覺再也無法見到勒碧絲了……

「喂喂喂，組長妳別亂來！我明白妳的心情，但那不是我們可以應付的狀況啊！」

我不聽弗雷勸阻，開始尋找離開迷宮的出入口。

我們進來的入口已經被關上，前方設置了魔導傀儡。我的焦慮急速高升，弗雷和尼洛都沒辦法阻止想出去的我，只能跟著我走。

「瑪琪雅！」

就在此時，聽見大喊我名字的聲音，我轉過頭。

「……愛理。」

微服出巡跑來參加結業式的愛理，表情不安地站在那邊。

她肯定也是被帶來這個鹽岩迷境避難的，吉爾伯特王子就在愛理身邊，但沒看見同為守護者的托爾和萊歐涅爾先生。

「瑪琪雅，妳要去哪裡？外面很危險耶！」

愛理抓住我，絆住我的腳步。

我有點嚇到，因為愛理看起來相當擔心我。

但是，我也無法冷靜。

「愛、愛理，但是，我朋友……我的好朋友還留在地面上。」

我顫抖著手，把愛理抓住我的手拉開。

「我得去救她才行，我……」

怎麼辦，要是勒碧絲有個萬一。

勒碧絲為什麼一句話也沒對我們說，一個人留在外面呢？

「那、那妳帶我一起去。我可以用救世主的力量隱身！所以……」

愛理堅持要我帶她一起去。

我無法理解她的言行，為什麼她會擔心我，為什麼要幫我呢？

她應該很討厭我吧？

「愛理，不可以！敵人攻擊盧內・路斯奇亞，目標可能是妳！雖然很殘酷……但不管發生什麼事，我們都得保妳周全。」

「怎麼這樣，吉爾！」

「我也不想說出這種話！但只有這一次，我不能讓妳任性！」

吉爾伯特大聲制止愛理。

他拚命的樣子說明一切。

在這種狀況中，在生死存亡之際中，他被迫選擇能不能保護救世主愛理。

身為守護者，身為這個國家的王子……他的選擇是正確的。

我也想起自己身為守護者的立場，混亂的心瞬間冷靜下來。

接著，把手放在白了一張臉擔心我的愛理肩上。

「愛理，謝謝妳。但是，敵人也可能出現在這個迷宮中。請妳留在這邊，保護這裡的大家，保護不安的學生們，拜託妳。」

愛理眼眶泛淚，搖搖頭：

「瑪琪雅……但我是為了要向妳道歉，才到這──」

「拜託。」

我用力地、用力地拜託，讓愛理留在這裡。

愛理大概也領悟繼續堅持下去也沒意義，慢慢低下頭，緊緊握住掛在她胸前的短劍劍鞘。

接著──

「……瑪琪雅，托爾和萊歐涅爾還留在地面上戰鬥。如果發生什麼事，妳就找他們兩個人幫忙。」

「愛理。」

「我真的很沒用。但是……在妳回來之前，我絕對會保護好這裡。」

這句話，奇妙地讓我安心。

雖然只是種感覺。

但我覺得，我在那裡看見了「救世主愛理」。

第五話　特瓦伊萊特一族（上）

「你們幾個，要去哪！要是出去，我就拔掉你們的第一名啊！」

我和尼洛、弗雷不理萊拉老師在背後怒吼，走出鹽岩迷境。

因為我們進來時的出入口再次打開了。

剛剛來不及逃進來的學生雪崩般衝進迷宮，我們在人流中逆行，再次回到地面。

「呀啊啊啊！」

「別退縮！大鬼往這邊來了！」

「……」

才一走出地面立刻聽見尖叫聲，接著就看見肚子開了一個大洞死掉的大鬼，讓我們全身發抖。

迷宮出入口附近正好有幾個老師守著，其中魔法藥學的梅迪特老師在地面畫魔法陣，正在做什麼魔法的準備。

他的左手上有裂傷，滿是鮮血，單片眼鏡上也有裂痕。

「舅舅！」

我們跑過去，梅迪特老師嚇得睜大眼。

「瑪琪雅小姐……你們為什麼在這裡？你們也快點去第一迷宮避難！」

「但是，舅舅你！」

「別擔心，這只是一點小擦傷。而且反正我接下來施展的魔法需要大量使用自己的血，所以正剛好啦。」

舅舅定睛凝視，不停警戒周遭。

四處傳來不曾聽過的怪物慘叫與低吼聲。大鬼已經近在咫尺了。

為了阻止大鬼侵略攻擊，前線有許多教師以及守護盧內・路斯奇亞的精靈們在作戰。

——但是，敵人已經確實接近這裡了。

「等到學生們全部逃進地底避難後，我要在這裡施放毒霧。是大鬼很害怕的強效毒素，你們也無法安然無恙。快點逃進地底去！」

「但是，那這樣舅舅……」

「我是教師！這種時候，有保護學生的義務！而且，我可以抵抗一定程度的毒物，瑪琪雅小姐也知道吧。」

確實是那樣沒錯。

舅舅攝取了各式各樣毒物，身體有毒物的抗體。

對大鬼有效的毒物，大概也是要在這邊以舅舅的血為原料用魔法鍊成吧。

能做到這種事情的才是梅迪特家的毒物魔法師，但舅舅表示，毒物終究只是為了爭取保護學生的時間而已。

「可惡，王宮魔法兵和騎士團還沒有來嗎！」

「弗雷殿下，學園島周邊被敵方的結界包圍，王宮兵團似乎沒有辦法靠近學園島。」

舅舅只有在這種時候把弗雷當成這國家的五王子看待，如此回答他。

「大概是要拿盧內・路斯奇亞的學生為人質，向國家要求什麼吧。」

「那、那什麼啊……」

這狀況糟糕透頂，每個人都如此認為。

再這樣下去，就算所有人都逃進迷宮中，仍無法改變盧內・路斯奇亞的學生落入敵人手中的狀況，路斯奇亞王國可能被迫做出最糟糕的選擇。

盧內・路斯奇亞不僅貴族的子弟眾多，救世主愛理以及幾位王子也正好在此。這是拿來當人質的絕佳孤島。

「芙嘉！」

此時，尼洛的精靈芙嘉從天而降來到尼洛身邊。

「牠似乎找到勒碧絲了！在南邊的林道。」

南邊林道？為什麼勒碧絲會在連結海岸的林道？

但我根本沒時間思考，得找到勒碧絲，把她帶回來才行。

「不可以去！那邊有大量的大鬼逼近。你們根本無法與魔物相抗衡！」

我們不理會舅舅拚命呼喊，朝勒碧絲的方向奔跑。

舅舅對不起，但我不能拋下勒碧絲不管。

對不起、對不起……

抬頭看天空，看見魔法學校的老師們和精靈利用飄浮魔法在空中交錯飛翔的身影。

老師們邊以讓來不及逃跑的學生與受傷的學生避難為優先，和精靈一起阻止大鬼繼續侵略進攻。

看來大鬼是從南側海岸登陸後穿過林道侵入這間學校。

我們越往那個方向前進，就見到越多大鬼屍體。

林道飄散鮮血氣味。

而且不知為何，四處散落小刀，沒有任何裝飾的樸素鐵製小刀。

「撿幾個走吧，肯定可以派上用場。」

尼洛提議後，我和弗雷無言點頭，撿起小刀。

我們確實沒帶任何裝備就跑出來，耶司嘉主教明明曾對我說過：「以為只靠魔法就能辦到所有事情是魔法師的自大。」

幸好，還沒看到人類的屍體。

不想看到那種東西，就算只是大鬼的屍體，鮮血的顏色和氣味……會讓轉生前在學校屋頂上看見的慘劇在我腦內重播。

令人幾乎嘔吐的惡臭，以及讓人快要昏倒的討厭預感，讓我好幾次想退縮。

「停下來。」

走在最前方的尼洛阻止我們前進。

看來他的隱形眼鏡發現了在周遭蠢動的敵人。

「前方有一隻，右邊一隻，左邊兩隻。」

「大鬼嗎？喂喂，該怎麼辦啊？」

「大鬼怕火，只能用火之魔法燒死。我們有瑪琪雅，而且三個人同時一起使用魔法，火力應該很足夠。」

令人意外，尼洛面對大鬼冷靜且毫不躊躇。

他或許有遇過大鬼以及與大鬼對戰的經驗吧。

我們彼此互看之後點點頭，接著——

「——火焰啊。」

尼洛朝前方，弗雷朝右方，而我朝左方施放出我們所知的純粹火焰魔法。

朝三個方向施放的火焰，如火焰大蛇般爬過林間草木燒光敵人。

震耳慘叫，那是我至今未曾聽過的生物的聲音。

我們並不習慣這種奪命戰鬥，沒辦法對這最後的慘叫聲充耳不聞繼續前進。

我們痛切感受，不管敵人是怎樣的存在，他們都是生物。

就在我專注讓自己恢復平靜時，有隻大鬼從左方火焰與火焰的縫隙中朝我飛撲而來，我的眼角捕捉到這一幕。

「瑪琪雅！」「組長！」

尼洛和弗雷同時喊我。

但我此時，已經瞬間做出該如何與大鬼對戰的判斷了。

我的身體早已做好準備迎戰。

我在剛剛撿來的小刀上包覆一層薄薄的精鍊火焰後朝大鬼丟擲過去。刀刃一直線刺穿大鬼額頭，敵人高聲慘叫，變成一團火球逃跑。

「哈啊、哈啊、哈啊。」

——與耶司嘉主教的修行又有了成果，在實戰上派上用場了。

因為我每次都被他徹底鍛鍊空手丟小刀，練習用小刀丟中目標。

雖然命中率不太高，但在緊要關頭丟中，也可說是一種狗急跳牆現象吧……

時至此刻，我丟出小刀的手才開始發抖。

抬起頭後，尼洛和弗雷睜大眼睛看著我。

「嗯，什麼？」

「什麼『什麼』，妳才是什麼吧，為什麼能瞬間辦到那種事情啊，而且還是無詠唱耶。」

弗雷如此道。

「彷彿魔法兵的作戰方法啊。」尼洛說。

啊，對耶，這兩人不知道我正在進行對魔物的戰鬥訓練。

「我晚點再說明，得快點找到勒碧絲才行。」

不知為何，因為這場戰鬥讓我混亂的心情靜下來，或許可說我已經做好覺悟了。

就算敵人是有生命的生物，我們終究只能全力守護對自己而言無可取代的存在。

我們就在連這也只能勉強做到的界線上，而敵人正大肆破壞重要的學校，威脅我們的生命……

再次以飛在天空引領我們的芙嘉為目標找勒碧絲。

勒碧絲前幾天告訴我的悽慘過往，一直在我腦海中轉個不停。

心頭不祥的騷動無論如何都無法平息。

「……勒碧絲啊，是為了報仇才來這間學校。」

「什麼？」

接著我心想，得稍微對尼洛和弗雷說一點才行。

「她的同胞，特瓦伊萊特一族，有許多人被帝國的大鬼擄走、殘殺了。」

「……」

「或許你們也已經察覺了……勒碧絲的手和腳，各有一邊是義肢。」

勒碧絲，對不起。

擅自把妳不想讓任何人知道的事情說出來，對不起。

但是，接下來找到勒碧絲時……我不知道我們會看見什麼。

為了在極限狀態中，不會阻礙我們瞬時的判斷，我需要事前告訴他們這些事情。尼洛和弗雷不發一語。

可恨的帝國大鬼攻擊這間學校之時，勒碧絲到底想了些什麼。

想著什麼，才會一句話也沒對我們說就朝大鬼所在的方向前進呢？

「勒碧絲……」

穿出林道，前方寬闊的廣場上，我們發現應該是勒碧絲的人影。

她解開總是綁成麻花辮的長黑髮，長髮被穿過林道的強勁海風往側邊吹。

手腳的義肢解除擬態，纏繞著放電般的魔力，可知她有多胡亂使用。

盧內・路斯奇亞的長袍上，也沾滿回濺的鮮血。

「……」

我們看見勒碧絲這副模樣，啞口無言，一句話也說不出來。

她手握巨大金屬鐮刀，彷彿死神般揮舞，砍死一隻又一隻大鬼。而大鬼也聚集起來試圖殺了勒碧絲。

以勒碧絲為中心，小刀朝外飛散。

這是我們剛剛在林道裡撿到的，也是我拿來擊退大鬼的小刀。看來似乎是勒碧絲用鍊金術製造出來的武器。

「勒……」

我想要喊她的名字。此時尼洛突然摀住我的嘴巴彎下身體，因為小刀也朝我們這邊飛過來了。

我們屏息，從樹叢的縫隙中，看著在我們眼前展開的戰鬥畫面。

勒碧絲揮動鐮刀的動作，迅速到眼睛也難以追上她的身影。

與其說迅速，正確來說是突然消失後又在哪裡出現的異常速度。特瓦伊萊特一族有這樣的魔法嗎……

或者是因為有魔導義肢才能辦到這些舉動。

在她揮動鐮刀後，只留下大鬼的屍體。

站在那裡的，是我至今未曾見過，充滿寧靜瘋狂與暴力的勒碧絲。

「……喔！」

勒碧絲突然動作遲緩失去平衡，跪在地上。

仔細一看，她早已滿身傷，嚴重出血。

「勒碧絲！」

我們找到戰鬥空檔，急忙跑到勒碧絲身邊去。

尼洛立刻展開魔法牆，包圍我們。

雖然這樣說……我們已經在敵人陣中了。

大鬼邊發出低吼，看著眼前出現的新獵物，無止盡湧出。帝國的巨大轉移魔法陣，現在仍在南側海上閃耀。只要那個還在，敵軍的大鬼就會無限湧出。

「瑪琪雅，大家，為什麼……」

勒碧絲努力擠出參雜憤怒與痛苦的聲音。

「什麼為什麼，妳這個笨蛋！還不是因為妳突然不見，我們才會來找妳啊！明明到處都是怪物，我們的身體還擅自動起來，我們也真的是笨蛋啊！」

弗雷最先憤慨地痛罵勒碧絲。

勒碧絲露出嚇一大跳的表情。

「勒碧絲別動，妳自己可能沒發現，但妳傷很重，而且嚴重出血。」

「魔力也快耗光了，再這樣下去就危險了。」

正如尼洛所說，勒碧絲無法站立是因為魔力快耗盡了。

我知道，她手腳上的魔導義肢會因為供給魔力不順或減少而動作遲緩。

「請……請快逃走，你們為什麼會到這裡來！」

但是，勒碧絲用嚇人的低沉聲音，再次拒絕了在這裡的我們。

「這是我一個人的戰鬥！你們不需要背負生命危險和大鬼戰鬥，這和你們一點關係也沒有！」

「……勒碧絲。」

「沒有關係、沒有關係！你們什麼也做不到！」

「……」

我使出渾身力氣，一巴掌往勒碧絲臉頰打上去。

無論如何，我都不允許勒碧絲這麼說。

我從沒想過，我竟然得動手打最重要的好朋友勒碧絲。

以前，連愛理讓我那麼生氣時我也沒有動手打人耶，我可是個很能忍耐的女人耶。

「別說蠢話了！我們四個人是石榴石第九小組耶！妳就再說一次『沒有關係』試試看，我絕對不允許！」

「……」

我太愛哭這點真的不行。

這種時候得要嚴厲地教訓她才可以啊，我卻邊生氣邊哭泣，有夠不成樣。

勒碧絲被我打巴掌後，完全說不出話來了。

她手貼在紅腫的臉頰上，抿緊雙唇。

「勒碧絲，我知道妳不想要連累我們，但妳冷靜點。不管要做什麼，一個人的力量都有極限。我們現在先暫時撤退，治療傷口重新調整態勢吧。」

「就是啊，勒碧絲小姐。妳或許也背負很多狀況……但是，即使如此，死了就輸了。想贏就得要活著。」

因為我哭得唏哩嘩啦一句話也說不出來，尼洛和弗雷代替我冷靜說出好話。

一個人的力量有極限……死了就輸了……真的就是這樣啊。

勒碧絲似乎也終於找回冷靜，她低下頭，淚水一滴一滴滑落。

「對不起……」

是因為連累我們讓她感到無比傷心嗎？

或是，她體會著石榴石第九小組在這一年內編織起來的東西呢？

「對不起，我太自作主張了。我看見大鬼襲擊學校的這個狀況，無法不回想起我故鄉的慘狀。」

「勒碧絲……」

「殺光，把那些傢伙全部殺光，把被奪走的東西搶回來。做好奮戰到底覺悟的年幼的我不停在我耳邊低語……我的身體自己動了起來，就跑到這裡來了……」

勒碧絲看著自己沾滿鮮血的手，身體微微顫抖。

勒碧絲肯定沒有辦法靜靜看著魔物大批湧入的狀況吧。因為她是最理解魔物究竟有多麼恐怖的人。

勒碧絲戰鬥能力超越我想像的超高，這根本不是學生會有的程度。

戰鬥、戰鬥、戰鬥——連手腳都失去了。

「瑪琪雅，我的魔法牆撐不下去了。那些傢伙越聚越多，得快點離開這裡才行……」

尼洛痛苦地說著。大鬼用拳頭或各自的武器敲擊，試圖破壞尼洛的魔法牆。

該怎麼辦，果然得用大鬼害怕的火，但這數量。

賭一把，用紅之魔女的魔法吧。

只要用夏日舞會上施展過的紅蓮絲線魔法……

但是施展紅之魔女的魔法後，我就會變成廢物。就連這點我也做好覺悟了，我抓住自己的頭髮。

——但是，就在此時。

上空傳來誰的說話聲，我們抬起頭。

「……找到、了。」

「真的耶，發現勒碧絲大人。還想說大鬼們怎麼會全聚集在一點咧。」

「族長的女兒，沒死成的。一族的汙點！呀哈哈！」

黑色長袍隨風飄動，大、中、小三個剪影在空中搖晃。

我們完全沒有發現，「神祕三人組」不知何時出現在那邊，從空中俯視著我們。

「誰……？」

穿著黑色長袍的那些人，嘴邊都覆蓋著鐵製面罩，但黑髮與紫眼，都有著和勒碧絲相同的身體特徵。

但是，三人中其中一人擁有狼一般的獸耳，另一個人額頭上長著小小的角。從外表難以判斷是人、是魔物還是精靈。

勒碧絲口氣冷靜得幾乎恐怖地說：

「托馬……維達爾……齊齊路納……他們是特瓦伊萊特一族的人。」

「什麼！」

「特瓦伊萊特一族過去與魔物共存，所以和魔物混血的族人中，有留下強烈魔物特徵的人。」

這麼說也是，傳說中，特瓦伊萊特的祖先「黑之魔王」建立起魔物的國家。

比起那個，為什麼特瓦伊萊特一族的人會在這？

他們不是被囚禁在帝國嗎？

勒碧絲惡狠狠瞪著悠然飄浮在空中，身穿黑色長袍的同胞。

「背叛者是誰啊！如果不是你們往帝國倒戈，我們根本不會失去那麼多的同胞！」

勒碧絲大喊，想要勉強自己站起身，又再度倒下。

弗雷抱住她，說著「別亂來」制止她。

飄浮在空中，黑色長袍大、中、小三人組眯起眼睛，態度從容地觀察我們的樣子。

「噯，勒碧絲，背叛者是怎麼一回事啊？」

我小聲詢問。

「……七年前，有背叛者告訴帝國進入特瓦伊萊特隱世鄉里的方法。特瓦伊萊特內部，原本就針對即將發生的戰爭，到底該追隨帝國還是追隨皇國而意見分歧。那些人就是當時追隨帝國，出賣了特瓦伊萊特一族的背叛者。」

「……是這樣啊。」

圍繞著特瓦伊萊特一族的過去與恩仇，似乎不是那麼單純的事情。

看勒碧絲的表情就能感覺到，她的憎惡與無處可去的怨恨再度被他們挑起。光魔物就已經夠棘手了，現在竟然還碰到敵方魔法師……

我代替勒碧絲站起身，朝三人組抬起頭，開口問：

「展開那個大型轉移魔法陣的人，該不會就是你們吧？」

身為空間魔法專家特瓦伊萊特一族的人，很可能辦到。

在我提問後，黑色長袍三人組的視線轉到我身上。

「小姑娘，就是如此。那可是集結我們睿智的大型轉移魔法陣呢。」

三人組中，擁有獸耳的「中」青年，露出無懼的笑容回答。

「但妳放心，我們有把對學生的傷害壓到最低啦。」

「什麼……？」

「我們想知道我特瓦伊萊特的大型轉移魔法陣能夠移動多長的飛行距離，可以送出多少士兵到敵國，也就是說，這是個實驗。」

甚至還得意地宣言這愚弄人的話。

我的手緊緊握拳。

「別、別開玩笑了！傷害壓到最低？表示死幾個人也無所謂對吧！再這樣下去，就要引發戰爭了！」

就算我再憤慨，他們只是嘲笑我說出口的話。

「快開始、最、好啊……」

三人組中最「大」個子的男人，用機械般的聲音斷斷續續說。

「沒錯沒錯！反正路斯奇亞王國根本贏不過艾爾美迪斯帝國，你們注定要任人宰割。誰叫你們到現在還相信精靈魔法那玩意兒是萬能魔法！遜斃了！呀哈哈哈哈！」

三人組中最嬌「小」，額頭上有個小角的雙辮子頭少女，尖聲大笑。

完全無法想像他們是勒碧絲的同胞。

但他們相貌多有神似之處，又讓人感到更痛恨。

「總之，你們快讓開。我們的其中一個任務就是要抓到勒碧絲大人。因為我特瓦伊萊特一族的祕寶應該就在她手上。」

獸耳青年眼睛閃爍銳利光芒。

我雖然搞不清楚狀況，但張開雙手站在勒碧絲面前。

「誰會讓開，勒碧絲是我的好朋友，我們是同伴。」

「哇喔，這什麼青春啊！遜斃了！火大！斃了妳！」

雙辮子頭少女手中鍊成細鐮刀，朝我們用力揮下。

尼洛的魔法牆擋住了她的攻擊，但僅僅一擊就在魔法牆上打出巨大裂痕。衝擊甚至傳進魔法牆的內側來。

我和弗雷高揭雙手幫忙補強魔法牆，但這樣下去只是消磨戰而已。我們這邊的魔力肯定會先耗光。

雙辮子頭少女說著「呀哈哈，去死吧——」邊露齒而笑，連續朝魔法牆揮動鐮刀。

她的每一個攻擊力道都很強大，根本無法想像出自纖細的少女之手，重重張設的魔法牆逐一被破壞。這不是單純的物理性攻擊，感覺其中有彷彿動搖空間的異樣壓力。

「……唔！」

對付一個少女就這樣了，要是從容旁觀的其他傢伙也出手，我們輕而易舉就會被幹掉。再這樣下去、再這樣下去……

「不行，大家快逃，他們和大鬼不同！」

「勒碧絲，已經太遲了。我們不是全死在這裡，就是全部活下來。但我也沒打算死在這裡就是了。」

尼洛淡淡地回答。

「哈哈，那也只能想盡辦法逃跑了啊，全員一起。」

弗雷也說出不像他會說的話，撩起頭髮。

我的心情也相同，早已經做好覺悟了。

「……大家，聽我說。我要使用魔法，在夏日舞會上使用的那個魔法。」

「！」

我故意不說出是「紅之魔女」的魔法，只說了「只有組員們」知道的訊息，組員們全嚇了一跳。

他們似乎想要說什麼，對我來說也是豪賭一把的決一勝負，但想要離開這裡，除了這個方法別無其他。

而且紅之魔女的那個魔法，可以一口氣困住在場的所有敵人。

活下來就贏了，如果沒辦法活下來，就是我們輸了。

「呀哈哈！雖然我不知道妳想幹嘛，但那只是無謂的抵抗啦！」

雙辮子頭少女發現我們打算做些什麼，但嘲笑那只是微不足道的事，仍持續攻擊。

但是，她如此大意反而正中我們下懷。

我停止展開魔法牆，毫不猶豫地用小刀割下自己的頭髮。

「瑪琪・莉耶・露希・雅——」

念咒語的途中，待在上空的獸耳青年察覺了什麼，朝我們射擊用鍊金術造出來的金屬長槍。

但尼洛瞬間追加魔法牆防禦，弗雷也趁機抱起無法動彈的勒碧絲。

「紅蓮之理，血傀儡——轉動吧，紅色紡車！」

我切斷的頭髮，在魔法陣上方輕柔飛散，放射出紅蓮之光，僅僅一瞬就變成銳利纖細的攻擊紅絲線。

我記得第一次使出這個魔法時的事情。

我那時只是無意識地詠唱出我不知道的咒語。

但現在不同，我是有意識地把這當自己的魔法施展。

不需要大規模，只在必要的範圍內，用必要的魔力量，邊控制邊施展。

能夠做到這一點後，才終於可以說出自己能控制魔法。

紅色絲線與上回相同，辨識出對我有敵意的人，無止盡追蹤下去。

敵人戒備著如生物般移動的紅色絲線，迅速逃跑，但……

「什麼！」

——被捕獲了！

紅色絲線追著地面的大鬼，以及空中的三人組，綑綁他們，將他們牢牢五花大綁。還把森林裡的樹木牽連其中，那彷彿像是紅色蠶繭。

「太好了！大家快逃！」

弗雷抱著勒碧絲下令，尼洛攙扶全身無力的我，視線四處移動尋找逃亡的路徑。

這樣就好了，就算贏不了……這邊只要逃脫就算贏了。

滿布這一帶的紅色絲線，肯定會隱藏起我們的身影。

「瑪琪雅，瑪琪雅，對不起。」

聽見勒碧絲的哭聲。

我的意識也在施展紅之魔女的魔法之後開始曚曨起來。

但比上次還清楚，這也是多虧和耶司嘉主教鍛鍊肌肉的福吧……

走進林道後直直往前跑，得要想辦法回到第一層迷宮才行。

「……嘖，原來如此，那就是『紅之魔女』後裔那傢伙啊。」

「丑角、也說了，要、小心，那個、魔女的、魔法。」

「呀哈哈！敵人！那是我們的宿敵！因為『黑之魔王』和『紅之魔女』可是互相憎恨，老是吵架吵不停啊！」

特瓦伊萊特魔法師們的聲音從背後傳來。

被紅蓮絲線囚禁，敵人卻仍然從容且冷靜，這種態度讓我感到無止盡的不對勁。

即使如此……

即使如此，我們現在能做的只有逃跑、逃跑，逃出生天活下去。

幕後　愛理，所謂救世主。

我的名字是愛理，曾是救世主的愛理。

我一直深信瑪琪雅是壞魔女，對她做了很多過分的事情。

所以為了再見一次瑪琪雅，我來參加盧內・路斯奇亞魔法學校的結業式。我想向瑪琪雅道歉至今所有的事。

——原本該是如此。

「別光站在那邊！得要替受傷的人療傷才行！」

「……啊！」

當我在學園島迷宮這地方，驚惶失措不知該做什麼時，一個眼熟，千金小姐模樣的女學生開口罵我。

啊啊，這位千金……是貝亞特麗切・阿斯塔。

曾是吉爾伯特未婚妻的貴族千金，不久前，我還以為是瑪琪雅的手下。

貝亞特麗切把類似化妝包的東西拉成細長的布，開始替受傷的同學療傷……原來還有這種魔法道具啊。

這地方有許多傷患。

有人身體被破裂的水晶碎片刺傷，有人在逃難途中推擠跌倒受傷，有人剛好在海岸附近遇到大鬼，被捲進戰鬥之中等等，因為各種理由受傷。

所以高年級治癒魔法學科的學生，以及擅長治癒魔法的學生都忙著治療傷患。這個迷宮作為緊急事態的避難場所，似乎備有必要物資，擁有豐富的藥品、療傷用品、水以及食物。

其他學生們皆表情陰沉。

還有學生正在描述逃難途中遭遇大鬼的樣子，也有學生聽到這些事情變得更加恐懼。

大半教師在外頭與大鬼對戰，這裡幾乎沒有老師，也少有能統率的學生。學生會與各宿舍長相當努力，但沒辦法拂拭學生們不停湧出的不安，也就是說，現在的狀況無比混亂。

「喂，沒有看見法蘭西斯！」

「那傢伙是跑哪去了啊！」

「該不會還在外面吧……」

也有四處尋找朋友的學生。

剛剛瑪琪雅也相同，似乎有許多學生還沒逃進迷宮裡，或在避難途中和朋友走散了。

雖然盧內・路斯奇亞的結業式才進行到一半，但也不是所有學生都有出席結業式，聽說還有許多學生留在建築物當中。

看見擔心朋友擔心得哭出來的學生，我也開始不安起來。

瑪琪雅……在外面戰鬥的托爾和萊歐涅爾平安無事嗎？

我到底在這個地方做什麼啊……

「果然不通……」

吉爾伯特從剛剛開始試圖用通訊用魔法水晶和王宮聯絡。

但外頭似乎被設置了足以妨礙通訊魔法的強力結界，無法和王宮取得聯繫。

也沒收到王宮派遣魔法兵及魔法騎士前來的報告。

而且說起來，只是待在這個地方，連盧內・路斯奇亞內的戰況也不清楚。

「殿下，請問有什麼困難嗎？」

就在此時，上一刻還在替傷者療傷的那個貝亞特麗切・阿斯塔帶著自己的管家走過來。

「如果需要與王宮的通訊手段，還請使用我的獨角獸。」

「獨角獸？貝亞特麗切・阿斯塔，那是怎麼一回事？」

貝亞特麗切將手貼在胸口提議：

「我阿斯塔家，代代役使獨角獸為使魔。獨角獸的角也用來與同類溝通，且不受任何魔法阻礙。所以阿斯塔家利用這個特性進行訓練，讓我們不管處於怎樣的狀況中皆能傳遞消息。」

「也就是說……妳可以和同為阿斯塔家的人通訊？」

「是的，我想我肯定能聯繫上王宮魔法院的祖父大人。」

貝亞特麗切・阿斯塔的祖父，我記得應該是王宮魔法院的院長奧雷利歐・阿斯塔。

我也見過好幾次。

只要能聯繫上院長，就能上通國王。可以告訴他們盧內・路斯奇亞發生了什麼事。

「貝亞特麗切，拜託妳了。」

吉爾一拜託，貝亞特麗切點點頭，召喚出自己的獨角獸。

那是美麗銀綠色的獨角獸，她把額頭貼在獨角獸「角」上，詠唱咒語：

「貝亞・特・麗切——接繫吧，阿斯塔之角笛。」

下一秒，獨角獸的角發出淡淡綠光，響起「碰」的彈迸開的聲音後，獸角尖端浮現環狀術式。

「我是貝亞特麗切、我是貝亞特麗切，祖父大人，您有聽到嗎？祖父大人。」

貝亞特麗切喊了幾次後——

『……喔喔，貝亞特麗切，妳平安無事啊。』

老人沙啞的聲音從獸角傳出。

「是奧雷利歐・阿斯塔吧，我是吉爾伯特。」

『太好了，吉爾伯特殿下也平安無事！』

吉爾伯特對王宮魔法院的院長奧雷利歐・阿斯塔報告現狀。

學校的魔法水晶遭到破壞，有大量大鬼入侵校園。

學生聚集在第一層迷宮中等待救助。

教師與精靈們正在外面作戰。

以及救世主的我也平安無事

從王宮那頭也能看見大型轉移魔法陣，他們也已經確認大鬼進入盧內・路斯奇亞魔法學校內了。

不過，大鬼沒有入侵到米拉德利多市內，敵人的目的果然是占領盧內・路斯奇亞魔法學校。

「帝國有提出什麼要求嗎？」

『……沒有，國王接受了福萊吉爾的女王陛下與將軍閣下的建議，現在在觀察狀況。』

「竟然只是觀察狀況！」

感覺吉爾伯特的聲音中蘊含憤怒。

「那麼，我們暫時無法得到王宮的救援嗎？」

『……自從那個大型轉移魔法陣出現之後，盧內・路斯奇亞周邊被架設了巨大的結界，我們無法進入學園島內。王宮魔法師總動員正在分析、破壞結界，但那是我們從未見過的複雜術式。』

「……嘖！」

難得看見吉爾伯特咋舌。

「也就是說，王宮束手無策對吧？」

沉默了一段時間後——

『殿下，請您稍微忍耐。另外，這是來自國王陛下的命令。「不管做出什麼犧牲」，絕對都要守住救世主愛理大人。』

接著在此，通訊切斷了。

吉爾伯特無法掩飾對無能為力的王宮失望的表情，握拳朝身邊的白色石柱一捶。

「……可惡，這就是在和平之上懶散度日的我國的末路啊。」

另一邊，貝亞特麗切・阿斯塔跪倒在地，在自己管家的攙扶下調整呼吸。以獨角獸為媒介的通訊似乎非常耗費魔力。

「殿下不好意思，我只能維持這麼短的時間。待我稍微恢復之後，我會繼續嘗試通訊。」

「不……貝亞特麗切，謝謝妳。至少已經把現狀傳達給王宮了。」

「……我只是盡我所能而已。」

吉爾伯特伸出手，貝亞特麗切握住他的手站起身。

但在那裡，沒有曾是未婚夫妻的氛圍。

有的只是，一位擔心現狀與國家未來的三王子，以及將來應該會承擔王宮魔法院的魔女千金。

「但看這樣子，應該沒辦法期待王宮能立刻前來救助……」

「事出突然，資訊完全不足。一個不小心，可能會造成我們尚未準備好就與帝國開戰的狀況，王宮也無法輕舉妄動……既然如此，我們應該也需要定時傳送消息。」

「確實如此，但那樣一來，絕對會出現犧牲。而且也不知道這裡能撐到什麼時候，至少要是能知道帝國這次行動的目的就好了啊……」

吉爾伯特痛苦地皺起眉頭。

就算貴為一國王子，拖著被命令絕對得保護好的「救世主」這個拖油瓶，應該很難又要確認狀況，又要建立打破僵局的手段吧。

就在此時，地面再次劇烈晃動。

「呀啊啊啊啊！」

四處傳來驚聲尖叫。

每次強烈震動，天花板都會有白色石片般的東西崩落。

我也沒辦法站穩，直接蹲在地上。

地震？不對，從地底迷宮出入口的那頭，傳來什麼巨大東西敲擊的聲音。

「是敵人試圖從哪裡闖進來了嗎……」

吉爾伯特護在我身上，邊保護我也無法掩飾他焦急的表情。他的汗水滑過臉頰，緊咬牙根……

咦？我該不會是拖油瓶吧？

結果只是什麼也辦不到，只能受保護的存在？

話說回來，救世主到底是什麼？

「啊……」

汗水瞬間噴發。

時至此時，我才真實感受到尖叫聲、鮮血氣味以及充斥此處的恐懼。

這幅景象，不是漫畫、遊戲或故事中的世界。

我和他們沒有任何不同，每個人都是活生生的人類。

我也是在此混亂的其中一位少年少女，這是現實啊。

「怎麼辦、怎麼辦？」

……「怎麼辦」是什麼啊？

明明不久前還覺得這世界變成怎樣都無所謂，發生戰爭或什麼的全破壞光最好。

撒手不管，連使命都放棄的我，事到如今還能做什麼？

反正沒人有所期待，期待我這種人能做什麼。

『保護這裡的大家，保護不安的學生們，拜託妳。』

但是，瑪琪雅剛剛那句話把我的心從混亂漩渦中撈起。

對啊，瑪琪雅把這裡託付給我了。

而我不是答應她我絕對會保護好嗎？

「沒、沒事的！」

我用連自己也嚇一大跳的音量大聲說：

「大家，沒事的！」

在場的學生們露出「發生什麼事」的表情抬起頭。

現場悄然無聲。

在我以為自己是這故事的主角時，就算受到這等矚目也不痛不癢，因為我是主角啊，這是當然。

但現在沐浴在這不特定多數的視線中，我冷汗直流，雙手發抖，非常緊張。

真實活著的人們充滿恐懼與懷疑的視線，給我極大的壓力。

「魔……魔物什麼的一點也不恐怖！我絕對會保護大家！」

即使如此，我還是大聲宣言。

或許是自暴自棄了吧。

但剛剛和瑪琪雅立下的約定讓我如此行動。

「那誰？她在說什麼啊？」

「似乎是救世主喔。」

「但是救世主，不是聽說放棄自己的使命了嗎？」

「話說回來，她為什麼在這裡？」

「這種時候別說玩笑話了，怎麼可能會沒事。」

「那種小女生能做些什麼啊？明明什麼也做不到啊。」

——聽見各種意見，這也是當然。

因為我背叛了這個國家、這世界人民的期待，想要逃回原本的世界啊。

再次響起巨大地鳴。這次的晃動相當劇烈，天花板掉下來的石片也很危險，煽動在場學生們的不安。

如果天花板就這樣崩落，大家全被活埋的話……

要是出入口被破壞，大鬼闖進來的話……

每個人都能想像出這可能發生的糟糕狀況。

我深深感受到那股恐懼。

明明到目前為止，我從未思考過這世界人們的情緒啊。

「……」

即使如此，我還是將收在劍鞘中的黃金短劍高高舉起。

這把黃金短劍，不只是拔出就能讓我隱身，同時也是精靈龍義芙的寢室。

「伊西・思・艾里斯——現身吧，義芙！」

詠唱咒語後，我的頭頂出現魔法陣，發出純白光芒。

光線聚集後，變成龍的模樣。

精靈龍義芙彷彿要遮掩整個天花板般現身。

「呀啊！」

「是精靈龍耶！」

學生們發出驚呼。

讓人聯想到精靈羽毛，帶有數種色彩的四片半透明翅膀。

義芙邊展開翅膀邊抬起長長的脖子，用牠許多聲音重重交疊的聲音，高聲歌唱。

四片翅膀如天幕展開，在整個迷宮中張設精靈結界。

「做到了！」

這是尤利西斯教我的魔法，但這是我第一次實際施展。

這是範圍遠比魔法牆廣，防禦力也極高的守護魔法，只有光屬性精靈能做到。天幕內側降下溫暖、閃閃發亮的銀光，讓害怕、受凍的學生們心情平靜下來。

每個人都注視著如白雪不停落下的光點。

「怎麼會如此美麗呢。」

「好溫暖……」

在遮蔽了地鳴，以及伴隨地鳴從上頭落下的石片的光芒內側，學生們逐漸恢復冷靜。

而我則是緊握著短劍發抖。

老實說，我好害怕。

我重新體認到，緊張中，實戰中持續召喚義芙施展守護魔法，沒想到對魔力、對體力和對精神會造成如此大的負擔。

「如果有救世主大人在……」

「或許真的沒問題，或許真的能有辦法。」

「她肯定會保護我們。」

大家都對我有期待。

原來這個期待，是如此沉重的東西啊。

——但是，這就是救世主這個存在。

到目前為止，我自以為理解這件事了，但其實我完全不明白。

不管做什麼都以自己為中心，因為想要被誇獎，想要得到好評，而想要拯救什麼、拯救誰。根本不曾試著去理解對方的內心或是背景。

那樣才稱不上是救世主。

所謂的救世主……

「所謂的救世主啊……」

腦海中浮現的，是瑪琪雅在夏日舞會上，為了救我和托爾挺身戰鬥的模樣。

以及活在別的世界的小田同學這位少女，朝孤單的我伸出手的模樣。

「或許，真正的救世主是妳才對啊……瑪琪雅。」

如同對過去的我來說，救世主是小田同學，小田同學的救世主是齋藤同學一樣。

迴轉、迴轉，不停迴轉。

我們的「救贖故事」不停迴轉。

救贖世界梅蒂亞。

這裡肯定是一個，有誰會掬起哪個人「求救」訊號的世界。

這是小田同學（瑪琪雅），再次給總是犯錯，不停逃避現實的我一次機會的世界。

那麼，我就要在此做給她看。

我要守護大家給她看。

腳踩大地，努力踏緊，持續勉勵自己沒問題，持續召喚義芙，在瑪琪雅他們回來之前，我一定要撐下去。

好好面對現實，如果這就是救世主的任務——

「愛理，妳還好嗎？妳在哭耶，一直施展魔法是不是很辛苦？」

「……咦？啊啊，吉爾對不起，不是啦，我沒事。」

我抬起頭。

相信這樣的我，肯定也能拯救誰。

彷彿第一次呼吸這世界空氣的嬰孩。

我帶著重生般的心情，咬緊牙根，哭泣。

第六話　特瓦伊萊特一族（下）

多虧有尼洛的魔法隱形眼鏡，我們尋找沒有大鬼的道路，逃跑、逃跑，不停逃跑。但是——

「不行，這邊也有大鬼。」

已經有太多大鬼入侵學園島內部，雖然我們一度從大鬼及特瓦伊萊特的魔法師手中逃脫，但正逐漸失去逃脫路線。

我們藏身於海岸邊懸崖旁，如棚架般連綿的檸檬園中，無法動彈。

再這樣下去，遲早會被發現。

我們放出手中所有的精靈去求救，但不知道何時能等到救援。我們總之只能繼續逃下去。

「……呼，雖然沒辦法說完全治好，但總算止血了。」

就在剛剛，弗雷替勒碧斯施展完治癒魔法，擦拭下顎滿滿的汗水。

弗雷身為【地】之寵兒，和治癒魔法的適性極佳。

而且他意外地靈巧，雖然速度沒有尼洛快，但遠比我更加擅長治癒魔法。

雖然這樣說，這魔法如果沒在課堂上學過也辦不到，弗雷有好好去上治癒魔法的課真是太好了。

「不好意思……弗雷同學……」

「別道歉，勒碧絲小姐就是要對我口吐惡言才有魅力啊。」

看見弗雷裝模作樣拋媚眼，平常的勒碧絲至少會說一句「弗雷同學你很噁心」，但她現在連說話的力氣也沒有。

雖然治癒魔法治好身上的傷，但碰到可恨的大鬼與過去的同胞，與之對戰，甚至把我們牽連其中的事情，似乎嚴重打擊勒碧絲。

勒碧絲平常幾乎不太表露情緒，只有現在，我可以清楚感受到她內心的痛楚。

而大概不只我，尼洛及弗雷也相同。

「然後咧，接下來該怎麼辦？都逃到這裡來了，要是最後還是變成大鬼的食物，可不是開玩笑的耶。」

「這是當然，已經讓精靈們去對外求援了。我們得要努力活下去，繼續逃到有人來為止。」

聽完弗雷和我說的話，尼洛手抵著下顎，發出輕微哼聲。

尼洛似乎有其他掛心的事情，表情有點奇怪。

「大家對不起，都是因為我……都是因為我放任自己的情緒擅作主張。」

勒碧絲又再次向我們道歉。

「勒碧絲，妳在說什麼，彼此彼此啊，我們是同一小組，也就是家人啊。」

「再怎麼說，家人也說過頭了吧。」

「弗雷，你給我閉嘴。」

勒碧絲不停、不停、不停地道歉，我摸摸她的頭。

勒碧絲從剛剛起就靜靜地不斷落淚，我從上方覆蓋，緊緊抱住她。

「沒事的，肯定會雨過天晴。一直以來，我們第九小組不是都同心協力克服了許多難關嗎？」

接著對她訴說我的心意。

「而且啊，勒碧絲，來找妳是我們的意志。我其實有很不好的預感，覺得我再也沒辦法見到妳了。和那件事情比起來，我還能再見到妳耶，這絕對比較好。」

「瑪琪雅……」

如果我們沒來找勒碧絲，或許她會戰死沙場，已經不在這世上了。

想到那最糟糕的狀況，現在可說相當幸運了。

這絕非需要悲觀的狀況，我們全員都還活著。

「……走吧，大鬼從兩個方向逼近。他們或許已經發現這個地點了。」

尼洛用著有點焦急的口吻說道。

我們聽從尼洛的指示，再次移動。

如果在這邊遇到大鬼，我們大家都耗盡魔力了。沒有魔力，很多事情辦不到，得慎重逃跑才行……

穿過檸檬園，走到面海的斷崖正上方。

「唔！」

但是，我們犯錯了。

在那裡，黑色死神——特瓦伊萊特的魔法師數人，早已守株待兔等著我們。他們肯定是利用兩個方向逼近的大鬼引誘我們走到這裡來。

「找～到了。」

應該被紅蓮絲線吊起來的特瓦伊萊特三人組——之中的獸耳青年和嬌小少女，已經掙脫紅之魔女的魔法，出現在此。

不知為何，只有那個發出機械聲的大塊頭男人不在。

但又多了另外兩個特瓦伊萊特的魔法師。

那兩人長袍帽子蓋得很深，幾乎看不到臉，但從身形來看，應該是成年男女吧……

身穿黑色長袍的他們，彷彿空中有立足點般，動也不動地停在半空中，冰冷地俯視我們。

「喂喂尼洛同學？這裡到處是敵人耶。」

背著勒碧絲的弗雷，完全白了一張臉往後退。

「……看來他們似乎動了手腳，讓我的鏡片沒辦法察覺他們的魔力。我就覺得奇怪，因為沒辦法探查到剛剛被瑪琪雅的絲線捕捉的那些人的魔力。大概使用了能隱藏魔力的魔法道具吧。」

就連那個尼洛也有點困惑。

他手抵著太陽穴，定睛凝視頭頂上的魔法師們。

「我們才想著怎樣都找不到你們，還有點焦急咧。那邊的小子，你還會使用尖端魔法啊。」

「沒想到八股落後的路斯奇亞王國竟然有會用這種魔法的傢伙。」

特瓦伊萊特的那群傢伙，手指著尼洛咯咯竊笑。

但這真是傷腦筋了，沒想到他們被我的絲線魔法攻擊後還如此從容。

「這是怎麼一回事，你們竟然能從那個魔法逃脫。」

「哈哈，再怎麼說都是『紅之魔女』的魔法，怎麼可能毫無犧牲就能逃脫啊。」

獸耳青年富含深意地說著，瞇起眼睛。

「不是還有一個大塊頭嗎？那傢伙為了讓我們逃離那個魔法束縛，可是失去了身體許多部位呢。」

「什……」

「呀哈哈！那傢伙的身體本來就差不多都是機械，現在也沒差了啦。」

這是怎麼一回事。

包含勒碧絲在內，特瓦伊萊特的魔法師們原本就都用義肢來填補身體的哪個部位，包含理由在內，是充滿謎團的一族人。

真不愧是黑之魔王的後裔。沒想到竟然有方法突破紅之魔女的魔法，我已經不知道還能做些什麼了……

「我勸你們別費力，很遺憾，盧內・路斯奇亞已經落入我們手中了。什麼固若金湯的堡壘啊，有夠沒用。」

「老八股的精靈魔法怎麼可能贏過我們。接下來，你們馬上就要見到超越大鬼，更加恐怖的東西。」

特瓦伊萊特的那群傢伙，彷彿早已勝券在握地說著。

恐怖的東西？他們到底打算做什麼？

心中只有不安與焦急不停湧上，我努力繃起表情以對抗這樣的情緒。

「你……你們、在說什麼啊，明明就被我們區區四個學生絆住腳步到這種程度耶。」

只要能多爭取一點時間，或許就能等到援助。

我故意說話挑釁特瓦伊萊特魔法師們，雖然弗雷在旁邊一臉焦急地喊著：「喂，班長啊！」

「路斯奇亞王國還有尤利西斯老師和潘校長，你們肯定會切身體認被你們鄙視為老八股的精靈魔法的真髓！」

我強勢斷言後，特瓦伊萊特的那些傢伙沉默片刻，之後放聲大笑：

「啊哈哈哈哈哈，尤利西斯～？就是那個被稱為路斯奇亞王國最強的精靈魔法師對吧？」

「他可是到現在還束手無策耶？」

「只是因為是王子，就被無謂地吹捧吧。他肯定是沒有實戰經驗的弱小魔法師。」

「現在還可能已經被我們的同伴給殺了啊！呀哈哈。」

「什……」

聽到尊敬的尤利西斯老師被瞧不起，讓我怒火衝心，

「喂～你們這些傢伙，可別小看我兄長大人！我兄長大人可不得了！你們就等著被他秒殺吧！」

弗雷早我一步反駁。

雖然不覺得他們感情很好，但說來說去，弗雷還是相當認同自己兄長尤利西斯老師的力量。

特瓦伊萊特的魔法師們頓時止住笑容，這個落差非常詭異。

「對了對了，說到王子殿下……」

獸耳青年手指背著勒碧絲的弗雷。

「那邊那個垂眼小弟……你是這國家的小王子吧？你就這樣背著勒碧絲大人也沒關係，跟我們一起來吧。」

「啥？」

突然被點到的弗雷，因為剛剛才自己說出「兄長大人」，現在也無法否定王子的身分。

原來如此，敵人想要抓這國家的其中一個王子當人質啊。

「喂、喂喂！我話說在前頭，就算抓我當人質，國王也不會行動！我可是最不需要的王子！隨隨便便就能割捨我，我說真的！」

弗雷多少有點慌張，還是大大方方地說出口。

而且還說了有點悲情的話……

「你很難溝通耶，我說，只要勒碧絲大人和王子殿下願意來我們這邊，我們就放過其他人啦。」

「什……？」

「呀哈哈，這傢伙不只不像王子，還很笨耶。」

特瓦伊萊特這些傢伙說出口的話讓弗雷稍微陷入沉思，他或許正想著「只要自己成為人質，同伴們就能……」

但令人意外的，開口對弗雷說「不可以」的竟然是尼洛。

「弗雷，你不能被他們的花言巧語騙了。不可以拿和平的路斯奇亞王國的標準去衡量那些人的言行，就算你和勒碧絲真的過去了……那些傢伙也沒打算留在這裡的所有人活命。」

尼洛靜靜抬頭看著特瓦伊萊特的魔法師們。

「勒碧絲對他們來說是背叛者，被囚禁後不知會遭受怎樣殘酷對待。你也是，根據你身為人質的價值，肯定也會被殘殺吧。瑪琪雅是紅之魔女的後裔，對帝國來說是求之不得的研究材料。而我呢……我大概會第一個被殺。」

尼洛雖然這樣說，但看不出他感到恐懼。只不過，他的眼神似乎帶著輕蔑、憐憫眼前這些傢伙的情緒。這讓我感到非常在意。

「帝國可沒那麼簡單。就連喪失敵意，懇求饒命的人也毫不躊躇地殺掉。只要稍微阻礙到他們，他們就想要排除……特瓦伊萊特一族，應該也在帝國中承受這樣的待遇吧？」

他的口吻彷彿他身歷其境一般，感覺尼洛透過特瓦伊萊特的這些傢伙，對遙遠的帝國抱持強烈的敵意與厭惡感。

我和弗雷都對這樣的尼洛感到詫異。

而特瓦伊萊特的那些人也似乎有點驚嚇，尼洛平淡地繼續說：

「我明白，你們肯定也會說，如果不聽他們的命令，一族人就會全被殺光吧。扼殺自己的心去舔仇人的鞋底比較輕鬆嘛。」

「你這傢伙是怎樣……」

特瓦伊萊特魔法師們身邊的空氣瞬間緊繃起來。

尼洛這段話至少碰觸到特瓦伊萊特的逆鱗了吧。

下一刻，那些傢伙一瞬間逼近我們面前，分別擒拿住我們四人的手臂，把我們壓倒在地。

他們使用了瞬間移動的魔法，速度快得我們無以應對。

我的手也被上吊眼雙辮子的少女反折在背後。

「……唔！」

「想逃也是白費力氣，別看我這樣，我可是力氣很大。」

這確實不像少女會有的力氣。明明沒被施加束縛魔法，身體卻無法動彈，而且戒指也被搶走了。

「呀哈哈，這樣一來妳就沒辦法使出剛剛那招絲線魔法了。話說回來，妳也沒那麼多魔力了……說什麼紅之魔女的後裔，不過這種程度嘛。」

少女從背後在我耳邊私語：

「但妳放心，妳的同伴剛剛也說了，妳是個絕佳的研究材料。請妳和那個廢柴王子及勒碧斯大人一起跟我們來吧。」

「！」

廢柴王子就是在一旁被其他特瓦伊萊特魔法師壓倒在地，完全動彈不得的弗雷。

在弗雷身邊，用面具遮住臉的男人抓住勒碧絲的頭髮。

雖然已經用治癒魔法治療過，但勒碧絲魔力耗盡的狀況更甚於我，明明已經無法行動了啊。

抓住勒碧絲頭髮的男人告訴她：

「對了對了，勒碧絲大人。負責指揮這個計畫的人，就是您的哥哥所羅門‧特瓦伊萊特大人呢。」

「！」

男人這句話讓勒碧絲臉色大變。

「所羅門大人命令我們，如果發現您，不管使出什麼手段都要問出『黑盒子』的所在地……您還真是位悲哀又可笑的女孩，不知道自己的兄長正是領導我們，率先與帝國合作的人，還想要與之對抗到最後。」

勒碧私露出被深信至今的東西背叛，所有一切皆徹底顛覆的絕望眼神。

「那麼，快說。您把黑盒子藏在哪裡，我們早知道是您帶著它逃跑的。」

但勒碧絲沒告訴敵人任何訊息。

黑盒子……雖然不知道那是什麼，但肯定是無論發生什麼事情都不能交給敵人的東西。

「哎呀，算了，看見同伴們被殘殺之後，勒碧絲大人再怎樣也會坦白了吧。」

「！」

抓住勒碧絲頭髮的男人，朝獸耳青年使了一個眼色。

獸耳青年腳踢尼洛，看到男人的眼神後抓住尼洛的衣領將他高高舉起。

「你對我們最沒用，就從你開始殺起吧。我不知道你是何方神聖啦，但聽起來，你似乎非常了解我們耶。」

脖子突然被勒緊，尼洛稍微痛苦地皺起臉來。

「……尼洛！」

我不停掙扎，再這樣下去尼洛就要被殺了。

「和平的路斯奇亞王國的人……竟然高高在上責備我們。所以這國家才讓人不爽啊，跟氣候相同不溫不熱又遲鈍。只是躲在皇國的保護傘底下，每個人都過著安穩生活。」

獸耳青年的語氣越來越激動。

「所以才讓人想破壞！明明完全沒看過這世界的地獄長怎樣啊——」

但尼洛只是靜靜瞪著青年。

不見他有絲毫動搖與畏懼，只是冷淡地瞪著。冷靜得幾乎讓人恐懼。

應該很痛苦才對啊，他為什麼能夠那般不為所動。

尼洛的態度，也讓獸耳男感到不對勁了吧，他仔細端詳這張瞪著自己的臉，稍微皺起臉來：

「你，怎麼覺得在哪……」

奇怪的反應。接著大概是被尼洛淡然的眼神弄亂步調吧，他忍不住從尼洛臉上別開視線咋舌。

「哎……哎呀算了，我就在這些傢伙面前好好玩弄你之後再殺了你。你就盡情叫好聽點，哭好聽點吧。」

獸耳青年用力把尼洛丟出去。

尼洛的身體重重撞上身後的岩壁，一道鮮血從他嘴角流出。

「尼洛、尼洛！」

敵人打算殺了尼洛。

在這裡的特瓦伊萊特魔法師們和我們不同，他們的身手就跟戰鬥經驗豐富的戰士沒兩樣，彷彿他們靠著身體與魔法在戰場上存活下來。

肯定也對殺人沒有任何遲疑。

有沒有……有沒有什麼方法啊。現在可不是說沒有魔力、身體動彈不得的時候啊。如果現在沒辦法救尼洛，我就要失去重要的人了！

「燙！妳這傢伙做什麼奇怪的事！我折斷妳的手喔！」

原本想用發熱體質甩開敵人的手，但立刻被發現，她從背後更用力扭轉我的手，痛到我以為手真的要被折斷了，皺起臉來。

尼洛看著我輕輕搖頭。

想傾訴什麼的眼神，彷彿要我什麼也別做。

我這才驚覺，從瀏海縫隙間看到尼洛單邊眼睛的隱形眼鏡，因為撞到背後岩壁的衝擊掉了……

「那麼，快樂的行刑時間正式開始。」

獸耳青年在周遭畫圓般鍊成一圈小刀，接著全部朝尼洛射出。

無數的小刀被尼洛無詠唱的魔法牆遮蔽。

「……唔！」

但其中兩把穿過魔法牆的縫隙，刺穿尼洛的右肩和左腳。

鮮血慢慢染紅他的制服。

「尼洛！」「尼洛同學！」

我們大叫，儘管不停掙扎，仍無法掙脫束縛。得去救尼洛才行，再這樣下去，尼洛會……

「哈哈……很痛吧，很痛對吧。就讓我先好好玩一玩不會弄死你的地方，就讓朋友看著你滿身鮮血，邊求饒邊逐漸死去的樣子吧……」

「囉嗦。」

尼洛只低聲說了這一句，抬起原本微低的頭。

同時，獸耳特瓦伊萊特青年閉上嘴，停下舉動。

隱形眼鏡脫落的，尼洛的單眼。

洋紅色的，鮮豔眼珠。

看見這個——獸耳青年露出彷彿看見這世上最恐怖之物，充滿畏懼的表情。

「為、為什麼……」

獸耳青年明顯驚惶失措，一步又一步往後退。

「你為什麼會有那雙眼……為什麼有那種顏色……」

上一刻的從容態度，與充滿惡作劇感的殺意上哪去了？全都被恐懼取代，彷彿表示著難以置信地不停搖頭。

「與帝國……那位大人相同……顏色的眼睛……」

其他特瓦伊萊特的魔法師也相同，看見尼洛眼睛的顏色後，明顯慌張、害怕。

這是怎麼一回事？

尼洛仍平淡地，瞪著眼前特瓦伊萊特的這些傢伙。

用他深洋紅色的眼睛。

「……變、變更計畫！」

長袍帽子戴很深的特瓦伊萊特男人大聲命令。

「其他傢伙別管了……全擺後面！總之，先把這傢伙、把這傢伙殺了啊啊啊啊啊啊啊啊啊啊啊啊啊啊啊啊啊啊！！」

下一刻，連抓住我們的傢伙也放開我們，他們的手上各自鍊成武器，包圍尼洛。

一瞬間，僅僅一瞬間尼洛就被包圍了。

敵人的刀刃，朝尼洛攻擊想要立刻取尼洛生命。

和到剛剛為止的從容明顯不同，他們顯而易見慌張，想立刻殺了尼洛。

「不可以呀呀呀呀呀呀呀呀呀呀！」

我朝尼洛伸出手。指尖點燃火焰，但那火焰太過微弱，沒辦法打到眾多敵人。

在這個局面什麼也辦不到，我的魔力不夠。

石榴石第九小組的大家都喊著尼洛的名字。

──下一秒。

「啪啪啪啪」冰柱急速爬過地面包圍住尼洛，變成保護他的冰牆。

「！」

特瓦伊萊特的魔法師們立刻反應，往後退避免被冰柱牽連。

在一口氣變得冰冷的空氣中，從天而降站在尼洛面前的，是身穿王宮騎士團制服的騎士。

他邊口吐白色氣息，冰冷地瞪著眼前的敵人。

「我不會讓你們繼續碰小姐重要的小組成員一根寒毛……」

拿著劍擺出架式保護尼洛的，就是王宮騎士團的托爾•比格列茲。

接著敏捷跑回我身邊的，是我的精靈咚助和波波太郎。

趕上了，趕上了！

我的精靈找到托爾，並且帶他來找我們了！

「這男人……什麼啊……」

托爾現身讓敵人出現奇妙的反應。

「黑髮加上鮮豔的紫羅蘭色眼睛……」

「該不會是特瓦伊萊特……不對，我不認識這傢伙。」

「你到底是誰！」

特瓦伊萊特的魔法師們再度慌張起來，喧嘩嘈雜。他們似乎從托爾的外貌與氛圍中感覺到與自己相似的東西。

但托爾本人只把特瓦伊萊特的這些人當成敵國的魔法師，完全不讓他們看見破綻。那完全沒有面對同胞那類的猶豫，擺好劍，也讓圍成環狀的尖銳冰刀等待。

敵人警戒著托爾，在那之後，上空降下無數的魔法攻擊。

「咦？」

抬起頭，天空中展開了無數個眼熟的精靈魔法陣，王宮騎士團的數人騎著天馬在那邊。

「到此為止，愚蠢的侵略者們啊！」

守護者萊歐涅爾先生的聲音響起。

肯定是為了護衛愛理，好幾個騎士也來到盧內・路斯奇亞校內。他們其中幾人待在空中，包含萊歐涅爾在內的幾個人為了救學生而降落。

他們大概也與大鬼對戰了吧，其中有幾個人受傷，但面對特瓦伊萊特的魔法師毫不畏怯。

「嘖，是王宮騎士啊！」

「為什麼學校裡有騎士，我們明明在盧內・路斯奇亞周圍設置了結界啊。」

「喂，路斯奇亞王國的騎士沒什麼大不了，別害怕！」

「總之是那傢伙，得殺了那傢伙才行——」

那些傢伙雖然混亂，仍將殺了尼洛這件事情當成最優先事項。即使遭受托爾的冰刀攻擊，仍繼續攻擊尼洛。

但騎士們逐一阻止特瓦伊萊特的魔法師，他們的精靈也加入戰局，就算特瓦伊萊特的魔法師們武藝再高超，也沒餘力攻擊尼洛了。

趁這個空檔，萊歐涅爾先生抱起負傷無法動彈的尼洛，跑到我們身邊來。托爾也邊保護著兩人，邊防禦敵方的攻擊。

萊歐涅爾先生和托爾還互相交換眼神。

「尼洛、尼洛！」

「瑪琪雅別擔心，全都避開要害了。」

尼洛本人雖然渾身是血，卻若無其事像一點也不覺得痛，反而是我快要哭出來了。

弗雷和勒碧絲也在其他騎士攙扶下站起來。

「雖然很想替你們施展治癒魔法，但很不湊巧，騎士團的治癒魔法師不在這裡。現在立刻離開這裡才是上策，我帶你們走，可以安心了。」

萊歐涅爾先生抱著尼洛，帶著數名騎士，要他們跟著我們。

「那麼，我來爭取時間。」

另一方面，托爾似乎要留在這邊與特瓦伊萊特的魔法師對戰。

他的側臉、黑髮、隨風飄動的斗篷從我身邊經過。

「托爾！」

我忍不住轉過頭。

因為托爾經過我身邊時，瞬間看了我一眼，皺起眉來微笑。

對啊，我和托爾之間仍有點不同調啊……

「瑪琪雅，快逃吧。趁著騎士團絆住他們腳步之時，得最優先把尼洛同學和弗雷同學帶到安全的地方去才行。『為了未來』，無論如何都不能讓這兩個人落入敵方手中……當然，妳也相同。」

「……勒碧絲。」

「為了未來」，這句話讓我回過神來。

勒碧絲剛剛明明還一臉絕望表情，但她現在似乎正說服自己「現在已經無暇想那些了」。

彷彿想起什麼巨大的使命……

「特別是尼洛同學，你對這件事應該也有十分自覺吧。」

「……啊啊。」

另一方面，在地面與上空，特瓦伊萊特的魔法師與騎士們刀刃互擊，魔法交戰。托爾也在面對特瓦伊萊特魔法師的速度稍顯弱勢的騎士們中，在空中戰鬥。

一眼可知托爾參戰之後，戰況一瞬間翻盤。

他不只使用精靈魔法。

令人驚訝的，他用可與特瓦伊萊特魔法師媲美的速度應戰。

以為消失了，下一秒又從其他地方出現……這大概是重複運用小型轉移魔法移動的「空間魔法」吧。

邊驅使這項魔法，瞬間精準使用複數的魔法逼退敵人。

托爾擅長的冰系精靈魔法，也在速度增加後耍弄敵人。

「為什麼你……你會特瓦伊萊特的魔法！」

特瓦伊萊特的男人雖然肩頭被托爾射出的冰柱貫穿，仍眼神兇惡地瞪著托爾。托爾這個外人，竟然會用特瓦伊萊特的空間魔法。

這個事實讓他露出無從隱藏的焦躁。

「瑪琪雅小姐，不可以回頭！」

萊歐涅爾先生喊我的聲音讓我回過神。

我怎樣都無法把托爾留在這裡自己離開，數次轉過頭去看他。

——就在此時。

「別想要逃！」

我聽見特瓦伊萊特魔法師的其中一人，那個獸耳青年的聲音，細槍之類的東西就從我身邊劃過。

接著用力插進地面。

「啊！」

以細槍為中心，掀起螺旋狀的爆炸。

「呀啊！」

我正好沿著懸崖邊緣奔跑。

因為太在意正在戰鬥中的托爾，落後跑在前方的組員們許多，是和他們拉開距離的我不好。

組員們聚在一起忍過爆炸波，但我被捲進爆炸當中，被衝力推擠出去，從懸崖往海面墜落。

「瑪琪雅！」

小組員們想伸手救我也鞭長莫及。

就算我想用飄浮魔法，我的魔力也耗盡了。

再這樣下去，我會，掉進海裡——

「小姐！」

一瞬間，我的身體有被飄浮魔法浮起來的感覺，但立刻有其他魔法從別處攻擊我，那再次在我身邊產生巨大衝擊。

那是好幾個魔法互相碰撞時產生的衝擊。

我被衝擊波擠壓，身體狠狠砸在寒冬冰冷的海面上，就這樣被激烈海流吞噬。

大海彷彿想要抓住我的身體不肯放開，不停地把我往昏暗、冰冷的地方扯下去。

感覺不管我怎麼掙扎，怎麼掙扎都無法逃脫這個水壓。

但是，就在我伸出手時，一隻手用力將我往上拉，有人將我拉近，緊緊抱住我。

那人在海中，詠唱不成聲的咒語。

托爾克・梅爾・梅・基斯——

我沒聽過的第一咒語。

但我覺得，我聽見了非常熟悉的聲音。

彷彿被關進四方形黑色箱子中，我的視野染上一片黑。

沒有聲音，也沒有氣味。

已經完全沒感到海水的冰冷，全部一片黑暗。

即使如此，仍被誰緊緊抱在懷中——只有這種感覺包裹住我的身體。

第七話　魔法的代價

我清楚記得自己頭下腳上掉進海裡。

但沒有在那之後的記憶。遠處傳來海濤聲，我醒了過來。

「咳……咳咳！」

我劇烈咳嗽，吐出水來。

全身傳來劇痛，但我緩緩起身。

眼前是一片冬天沙灘，我身體也沾滿鹽水、海藻和沙子。

總之好冷，我邊抿緊不停發顫的雙唇，意識著自己體內的「熱」為自己加溫。生平第一次覺得自己是【火】之寵兒真是太好了。

我應該被捲進爆炸當中，從斷崖墜海才對啊。

體質關係不諳水性的我，掉入驚滔駭浪的冬季大海應該不可能活命。

但是，我還活著。

感覺在跌落海面之前，似乎聽見托爾的聲音……

「托爾……」

對啊，是托爾救了我。

在海裡，我感覺到強而有力拉起我的手的溫暖。

接著才終於發現近在身邊的黑色物體。

那是王宮騎士團的黑色斗篷，疑似托爾的人就趴倒在沙灘上。

「托爾、托爾！」

「噢！」

我用乏力的手，好不容易將托爾翻身，確認他的臉。

那確實是托爾，但從頭部到右眼流著大量鮮血。

「怎麼這樣……」

傷勢相當嚴重。

鮮血直流，這樣也看不清到底是哪裡受傷。

但托爾肯定是為了救我跳進海裡，因為什麼衝擊而受傷的。或者是在海中遭受敵人攻擊。

他臉色蒼白，身體冰冷，而且魔力幾乎耗盡。

他與特瓦伊萊特的魔法師對戰時，完全看不出有耗盡魔力的跡象啊。

「為什麼？該不會是為了救我施展了什麼特別的魔法吧？」

而且還是會讓托爾耗盡魔力的魔法……

我這才驚覺抬頭看天空，就在我們正上方，看見一個彷彿被切割出四方形的扭曲空間。那東西漆黑歪斜，現在也流動地搖晃著。

「那是……什麼？」

看著那個讓我心情嘈雜。

如果那是空間扭曲，那托爾大概使用了什麼空間魔法，救我離開大海吧。

我想應該是轉移魔法之類的……但又感覺有點不同。

無意識中，我的淚水一滴一滴落下。

要是我再更有用點，別在那種重要的場面中掉進大海裡就好了……

「……小姐，您為什麼在哭泣呢？」

聽見托爾沙啞的聲音。

我回過神低下頭，試著聽清楚稍微恢復意識的托爾的聲音。

「請別哭，一看見您哭，就會讓我感到無所適從。」

「但是，托爾！」

托爾只說了這句話，又再度失去意識。

「托爾！」

我拚命忍住想要更大聲叫喊哭泣的心情，擦乾眼淚。

沒有閒工夫待在這裡哭泣，如果這裡是學園島上的某處，大鬼已經散落在島上各處，要是被他們發現，我和托爾都沒救了。

我絕不會讓托爾死掉。

絕對、絕對要保護他。要救他、要救他、要救他——

雖然痛苦得幾乎受挫，我又再度燃起心中火焰。

接著，我拖著全身無力的托爾慢慢移動。

因為我連使用飄浮魔法的魔力也不剩，只能靠自己的力量。

我有忍過耶司嘉主教的魔鬼修行真是太好了，要是以前的我，肯定累癱了無法拖著托爾走。

那個修行，或許也是為了讓我即使痛苦、即使筋疲力盡也能拿出韌性來撐下去的修行吧……

稍微移動之後立刻發現了。

這裡是我們當據點用的玻璃瓶工房附近的沙灘。

和我們剛剛所在的西側海岸距離相當遠。

「但是，只要到玻璃瓶工房，就有魔法藥可以用……」

最重要的是，那裡很溫暖。

得替托爾療傷，讓他的身體好好休息才行。魔力耗盡時，要是一個不小心也可能喪命。

我突然想起托爾過去曾說過的話。

如果沒辦法保護您，那我根本沒有活著的價值——

「哈啊……哈啊……」

好累，好痛苦。

但「如果沒辦法救托爾該怎麼辦啊」的恐懼更甚這一切。

我四面八方隨時警戒大鬼，這份緊張感更加速體力耗損。

把心情維持在極限狀態，費盡千辛萬苦才抵達玻璃瓶工房。

這裡沒有大鬼。

似乎還沒有到這附近來，太好了。

我稍微確認時鐘，正好才剛過正午……

結業式從上午九點開始，在那之後似乎才過了三小時。

但這短短三小時內，我們的學校，圍繞在我們身邊的狀況有了完全不同的樣貌。

我躲在工房裡，先讓托爾躺在沙發上之後，確實將大門上鎖。

玻璃瓶工房因為是玻璃瓶，從外頭可以將裡頭一覽無遺，但也能切換成外頭看不見裡面的模式。

但可以看見外面狀況，所以大鬼靠近也能發現。就這層意義上來看，這裡是躲藏的絕佳地點。

打開生活魔法道具競賽中做的小型魔法暖氣機，放在托爾身邊加溫。可以立刻加溫的這個道具太令人感激了。

……對啊，可以在這種時候派上用場。

沒想到自己做出來的東西，竟然可以在此時守護重要之人的性命，讓我幾乎感動落淚。

因為不能點燃暖爐的火，要是燃起暖爐煙火，就會被發現這裡面有人。

「托爾、托爾，已經沒事了喔。」

我不停對失去意識的托爾說話。

脫掉他的衣服，拿毛巾清潔他的傷口。

在這之中，我心頭涼了一半，托爾的右眼受了重傷。

變成一個暗黑窟窿，彷彿直接挖空了一個洞。

我完全不明白到底發生什麼事才會變成這樣。

更正確來說，他的右眼……不見了。

但是，這樣一來，托爾的右眼已經……

「不行，瑪琪雅妳不可以哭。」

努力忍住已經到口的嗚噎聲。

得忍住這份悲傷和痛苦才行，因為托爾肯定比我更痛、更痛苦啊。

首先得替他療傷，守住他的性命才行。

守住這世上，對我最重要的男孩的生命……

我在工房內找魔法藥，這裡只有消毒藥、歐蒂列爾家特製的魔法傷藥「里比特傷藥」和富含魔力原料魔質的鹽蘋果。

得替托爾消毒傷口，治療他的重傷才行。

為此，我得要多少恢復自己的魔力才行。

我強迫自己咬下鹽蘋果，吃進身體裡。大概因為太疲憊，差點就吐了出來，還是強迫自己吃下去。

一點一滴，感覺魔力稍微回復了。

雖然身體偶爾痙攣，但我不在乎。

我接著對托爾施展治癒魔法。

「梅爾・比斯・瑪琪雅——治癒吧，縫合傷口。」

因為我不擅長治癒魔法，稍微花了一點時間，但總算用這個魔法讓托爾頭部和身體上的大傷口癒合。小傷口就用里比特傷藥治療。

如此一來就能避免大量出血死亡。如果我會更專業的，可以完全治好重傷及右眼的治癒魔法，就能替托爾減輕痛楚了啊。

在這種狀況中，讓我痛切感受自己有多無力。

今天早晨，我還很滿足，誇獎自己這一年來真的相當努力呢。

但是，要是再更努力一點就好了的心情苛責著我。

不對，就算再努力，能辦到的事情也有極限。

但如果我是無所不能的偉大魔法師，我就能正確又完美救治托爾了啊。

不對，話說回來，要是那樣，我根本不會讓托爾面臨這種狀況啊……

全都是我的錯，都是因為我犯傻了，因為托爾無法捨棄我。

「嗚……嗚嗚……」

別哭啊！明明說好不能哭的啊！

托爾還在生死邊緣徘徊。

就算傷口癒合了，他的魔力仍然探底。

我照著食譜做出平常常喝的鹽蘋果汁，倒進托爾的嘴裡想讓他喝下。

但我也不清楚他有沒有喝進去，因為果汁從嘴角流出來。

托爾仍然沒有意識，感覺他的身體越來越冰冷。

「不行，再這樣下去不行……」

怎麼辦，該怎麼辦才好。

如果還有我能做到的方法，我什麼也願意做啊。

「……啊……」

這時，我突然想起一件事。

很久很久以前，我遇見托爾前的幼年時期……我曾有一次耗盡魔力過。

原因是我單純好奇，詠唱了遠遠超出自己能力的高難度魔法，結果陷入了無法自我控制，持續施展火球魔法的狀態中。

那時還讓德里亞領地出現大量火球，狀況非常混亂，結果就讓我耗盡魔力了。

經驗豐富的奶奶趕來我家，對耗盡魔力失去意識，在生死邊緣掙扎的我做了某項處置，那類似古老極端療法之類的東西……

「……」

根本沒空猶豫，我大口喝下原本要給托爾喝的鹽蘋果汁，閉上眼。

感覺在身體中產生，如流過葉脈般在體內流動的魔力後，深呼吸。

我根本沒想過，竟然會以這種方法和喜歡的人「親吻」。

「對不起，托爾，對不起喔。」

低語後，我手指撐著托爾下顎，四唇輕輕交疊。

啊啊，彷彿正在輕吻冰塊……

我從嘴巴向他灌注自己的魔力，我想，那肯定是熱度十足的魔力。

如人工呼吸般不停重複。

如果一口氣灌太多可能會傷害身體，要慢慢的、慢慢的。

我自己的魔力也還沒完全恢復，但盡我所能的灌給托爾。

接下來只能祈禱了。祈禱托爾的魔力恢復，平穩下來，醒過來。

拜託了，梅蒂亞。

如果您認為這世界還需要托爾這位魔法師，請別在此奪走他的生命。

拜託。拜託。

只要托爾可以活著，我再也不多求了——

「……咳！咳、咳。」

托爾嗆了一下，他似乎恢復意識，表情痛苦地捲曲身體。

我執起托爾的手，試圖讓他冷靜下來。他的手稍微回復熱度了。

「這裡……是……」

「托爾，太好了，太好了……你醒過來了！」

我鬆了一口氣，頓時昏眩。

彷彿缺氧一般，呼吸急促，雖然自己的身體開始痙攣，但我緊緊握住托爾的手忍耐。

沒事、沒事……只是長時間的緊張狀態瞬間解除了而已。

「小姐，是小姐嗎？」

「托爾，我就在這裡。」

托爾用單眼尋找我，看見我的身影後，稍微安心地吐了一口氣。

「托爾，有哪裡痛嗎？會不會冷？你是不是在我跌入海中後救了我？你的身體到剛剛都很冰冷……還耗盡魔力失去意識。」

而且，還有右眼……

「但是，小姐，很不可思議……我的體內很溫暖。」

托爾輕吐出這句話。

他露出「太奇妙了」的表情，但突然像是發現什麼事，

「該不會是小姐。」

托爾半張著嘴，單眼慢慢睜大。

還在哭的我也明白托爾發現了，身體瞬間發熱。

「對、對不起托爾！我只想得到這個方法了啊……我、我搶走托爾的初吻了！」

接著拚命道歉。

就算是男生，在昏迷狀態中被不喜歡的女生親吻，應該也會大受打擊吧。

「不，這不是我的初吻。」

「……什麼？」

但托爾明白直說。

反而是我因為這大受打擊，睜大眼睛僵住了。

什麼，騙人。不，這也是當然。托爾這般的美男子，當然……

接著，我越來越沮喪。

托爾不理會我的反應，故作自然地詢問：

「……小姐呢？」

「什麼？」

「這是，小姐的初吻嗎？」

「……」

這太令人害臊了，我低下頭。

「我，那當然，是初吻啊。」

我想我的臉，應該如熟透的鹽蘋果般豔紅吧。

而托爾呢，則是躺著把右手擺在額頭上，嘆了一口長長的氣。

「非常不好意思，小姐，竟然為了救我而奪走您重要的東西。」

對托爾來說，他大概覺得以這種形式奪走宣示忠誠的小姐的吻，沒資格當騎士了，或者是絕對不容許發生這種事之類的吧。

真是的，這男人到底有多遲鈍啦。

我用幾乎聽不見的聲音說：

「又、沒有關係。因為……是托爾啊。」

托爾不知道，不知道我喜歡他。

這當然很難說是愛作夢的少女理想中的初吻。

對方不只沒有意識，現在還後悔萬千地不停嘆氣，看起來一點也不開心。

所以，如果這可以拯救托爾的性命，對我來說就是無價的初吻。

忍住的淚水奪眶而出。

「小姐……」

「托爾……你之前說過對吧，對我來說，最舒適的地方已經不是你身邊了。」

我偶爾伸手擦拭流不停的淚水，繼續說下去。

「正如你所說，我在這裡多了好多重要的事物，在這間工房和同伴們度過的日子，已經成為足以取代德里亞領地的舒適場所了。」

「……」

我這樣的態度，是不是傷害了為了回到過去而努力的托爾，讓他感到孤獨了呢？

一想到托爾即使如此也沒對我感到厭煩，仍拚命保護我的這份堅強，就讓我的心陣陣作痛。

「但是啊，托爾，你誤會了。」

以為我已經不需要你了這天大的誤會。

不是那樣，不是那樣的。

那不是我沒有辦法回到原本關係的理由。

「對我來說，托爾的身邊已經是太過刺激的地方了。只要待在你身邊，我就沒辦法保持平常心。就算只是看見你的臉，都擾亂我的心。只要被你碰觸，我的心臟會劇烈跳動，幾乎要裂開了。」

「……咦？」

「所以……已經沒辦法回到托爾期望的『騎士與小姐』的關係了。」

我邊傾訴出心中想法，哭得唏哩嘩啦的同時，托爾露出不像他會有的表情相當驚訝。

是啊，托爾應該沒有辦法理解這種感情吧。

但是，已經沒辦法回到保護與被保護的上下關係了。

只要我不斷斷這個戀情、這份愛意。

「……我……對不起……托爾。」

「為什麼要道歉？」

「因為這只會讓你感到困擾。」

我很明白。

明白托爾想要的並不是這種關係。

「對不起……托爾。但是，我喜歡你。」

但是，我一直、一直一直想要說出口。

因為前世，在自己喪命的那一瞬間所期望的，就是「下輩子絕對要成為一個可以對喜歡的人表白心意的女生」。

到目前為止，彷彿遭到不明力量阻止，我一直沒辦法把這份心意說出口，但終於……

托爾則是無言沉默一段時間。

沉默的時間，讓我幾乎感覺痛苦地漫長。

「小姐，謝謝您……救了我。」

托爾最後終於用冷靜的口吻，只是開口感謝我。

托爾如此接受了我的告白。

啊啊……

我慢慢低下頭。

有一點難過，但我重新振作心情，搖搖頭。

是啊，我自己祈禱的啊，說我「再也不多求」了。

因為我只是想要讓托爾知道我這份心情。

「……你在說什麼啊，要說謝謝的是我。」

我再次拿衣袖擦拭蓄積在眼角的淚水。

接著，露出與平常無異，托爾所期望的「小姐」的表情。

「追根究柢，是你救了我。而且，托爾你有發現嗎？你的右眼……不見了。」

當我終於告訴他右眼的事情時，不知為何，托爾輕輕摀住消失的右眼，輕聲一笑。

「這完全不成問題，不過只是一顆眼珠，要就拿去吧。」

「但、但是，托爾……」

「還是說，只剩一隻眼的我已經沒有資格當您的騎士了呢？」

在這種時候，托爾仍笑著戲弄我。

但我拚命搖頭。

「那怎麼可能！但是，我真的不知道為什麼會變成這樣。你做了什麼嗎？為了……要保護我？」

我顫抖著手撥開托爾的劉海。

接著毫不退縮地直盯著看。看著他黑了一個窟窿的右眼。

他那美麗的紫羅蘭色眼睛，變成一個空洞消失了。一想到那隻眼無法再回來，就讓我非常不甘心。

「我用了特瓦伊萊特的祕術。」

「祕術……？勒碧絲教你的嗎？」

「是的，小姐可能不記得，那時我們在海中，被特瓦伊萊特的包圍結界困住了。那可以妨礙一般的轉移魔法……所以想要從海裡逃脫，我只能用剛學會的祕術突破結界。」

托爾放下摀住右眼的手，接著看自己的手。

「我還不成熟……只能強硬靠蠻力去做了。這個眼睛肯定是因為那個反作用不見的。空間魔法就是這樣的東西。」

「怎麼這樣……」

我完全不記得那個祕術是怎樣的東西。

但確實，跌落那個寒冬大海後，在沙灘上醒來時，我在頭頂上看見彷彿切割出四方形的扭曲空間。

原來那是托爾施展的特瓦伊萊特祕術所造成的啊。

如果那如同我使用「紅之魔女」的魔法般，是需要大量消耗魔力，且超出身體負荷的魔法，那我也能理解托爾會耗盡魔力。

而托爾成功帶著我從海裡逃到這個海邊來了。

得知真相之後，讓我心胸更加苦澀。

「小姐，您為什麼要哭呢？您仍舊是個愛哭鬼呢。」

「因為……我覺得你好可憐，覺得只能靠你保護的自己好沒用。」

「小姐……」

「我真是個笨蛋，今天早上還很得意自己這一年相當努力。但是，托爾比我更加拚命地努力著啊。」

托爾偷偷學習這個簡直不要命的魔法。

雖然我不清楚詳情，但回想起特瓦伊萊特魔法師們身體四處用機械填補的樣子，我才真的理解「黑之魔王」留下的魔法有多恐怖。

「您在說什麼呢。我……我光是可以得到保護小姐的力量，已經十分滿足了。沒有辦法保護您，才真的讓我想死。」

托爾探看我的臉，伸出手，擦拭我源源不絕不停流出的淚水。

那隻手，他的手指，滑過我的臉頰，撫上我的唇。

「……」

「……托爾？」

他的視線與舉動，悲傷又成熟，令現在的我難以承受。

總覺得他看起來像大我許多的男人，我的心臟噗通噗通跳動。

「小姐，我剛剛稍微嚇了一跳，腦袋一片空白沒有仔細聽清楚……您可以再說一次嗎？」

「說、什麼？」

「小姐，您喜歡我嗎……？」

「……唔！」

臉頰頓時發熱，變得通紅。

托爾真卑鄙。

因為他摸著我的嘴唇，這樣用力盯著我看，用低語般的音量再次確認我的心情啊。剛剛明明那樣輕描淡寫忽視啊。

「啊、我、我……因為，那個……」

我支支吾吾，不知所措，眼神也隨處飄移。

只有托爾仍用成熟的眼神緊緊盯著我。

話說回來，他要摸人家的臉摸多久啊，話說回來，把衣服穿上啦。

「我話先說在前頭，我可是個比小姐想像得更加齷齪的男人。」

「你你你、你很漂亮啦！」

我忍不住語氣強烈地斷言。

那不只是說他的外表，不經意露出的笑容，堅強又專一，寂寞遙看遠方的身影，就連偶爾在他眼中看見的孤獨感……

這全都讓我深深愛戀。

但就在只有我被耍弄的狀況中，沉睡在自己深處的那個沒自信的我突然冒出頭來。

「但是……但是托爾應該覺得很困擾吧。」

我的這份心情讓他困擾。

「……為什麼？」

托爾用他撫摸我的臉頰及嘴唇的手指，輕輕抬起我的下顎。

「我什麼時候，這麼說了呢？」

不恐怖，但也不溫柔。

那是一點一滴朝我逼近，抓到之後絕不會放手的聲音。

這就是所謂魔性的魅力嗎？

「小姐，您應該也不知道吧。」

「托爾……？」

「不知道我，我一直，想要什麼……」

托爾的表情難受，感覺像被逼到極限。他的吐息離我好近，我的心跳好快，心臟就要跳出胸口了。

……但是，就在此時。

左方感到一股奇怪的壓力，簡直就像殺氣的東西，我和托爾幾乎同時轉過頭去看。

「！」

那已經不是「嚇一跳」可以形容了。

工房的玻璃窗上，出現一個毫不掩飾煩躁表情的男人。

「啊……咦……」

白色主教袍與主教冠。

那張與神聖打扮毫不搭調的邪惡臉龐，如古代黑魔法召喚出的惡魔般扭曲。

是耶司嘉主教。是指導我修行的耶司嘉主教。

「小姐，外頭有魔物！」

「那是耶司嘉主教啦！」

我不知道托爾是故意這麼說，還是真的以為他是魔物的一種。

而且說起來，我已經切換成從外頭無法看見工房內部的模式了耶。

但耶司嘉主教用他全身表現出「看見不想看的東西」的厭惡感……而且還拿出火箭炮來了啊！

「等、等等，請等一下啊，主教大人！」

我用著「竟然還有那股力氣啊」的敏捷動作衝出玻璃瓶工房，接著阻止試圖破壞我們重要工房的主教，把他拉進工房內。

「你們這兩個大笨蛋！在這種緊急狀態中，還躲在室內打情罵俏！害我看見髒東西了啊！」

耶司嘉主教對我們怒吼，要是他這嚇死人的大怒吼聲被魔物聽見了要怎麼辦啦。

哎呀，我們也沒辦法否認打情罵俏這點啦……

「話說回來，耶司嘉主教為什麼會在這裡？」

「今天是學期末，本大爺在學期末有去替世界樹聖枝澆水的任務。結果一回到地面，到處都是帝國的魔物，那本大爺也只能一隻不留全部消滅了啊。所以說，我到剛剛為止，一路殺敵都快累死了。」

這麼說來，耶司嘉主教可是消滅魔物的專家呢。

別的不說，我擊退魔物的方法就是向這位主教學習的。

「那麼，請問戰況如何呢？」

不知何時穿上衣服的托爾開口問耶司嘉主教。

主教瞇起眼睛，邊咋舌邊說：

「放心，目前沒有學生死掉。因為結業式聚在一起是不幸中的大幸。似乎有人受傷，但有充足的魔法藥，大概可以暫時撐過去。只不過——教師群裡出現了幾個死者。」

這個消息讓我心頭不安，涼了一半。

我在這間魔法學校裡，承蒙許多老師指導。

老師們肯定是為了保護學生在最前線戰鬥。

耶司嘉主教似乎不清楚誰生誰死。但思考這件事讓我感到無比恐懼。

對了……舅舅怎樣了？

那時，舅舅抱著就算死也要保護學生的覺悟。

「那個，舅舅……您知道梅迪特老師平安嗎？」

「梅迪特？啊啊，梅迪特家的那個單眼眼鏡啊。那傢伙的事我不知道，我沒碰到。」

「……這樣啊。」

「只不過，各處潑灑了梅迪特家開發來對付大鬼的毒藥，那似乎相當有效果。」

「……」

只有這個消息還沒辦法拂拭我的不安。

也很掛心勒碧絲、弗雷和尼洛的狀況。

在那之後，他們有順利從特瓦伊萊特魔法師的手中逃脫了嗎……他們肯定很擔心我吧。

「小姐請放心，那是萊歐涅爾副團長率領的騎士團，肯定能保護好小組員們。為了護衛愛理大人，可是聚集了騎士團中最優秀的人。」

大概察覺到我的不安，托爾如此對我說。

我也想起了得要告知托爾的事情。

「我也在第一層迷宮見到愛理和吉爾伯特王子了，只要待在那裡肯定就能安心了。」

「這樣啊……那真是太好了。」

看見托爾鬆了一口氣的表情，我的心情也稍微輕鬆了點。

只不過，現在也不知道那邊狀況如何。再來只能自己親自去確認了。

「喂，你這小鬼。」

耶司嘉主教站在托爾面前，一把抓住他的瀏海用力往上推。

耶司嘉主教扭曲的表情變得更加歪斜，認真地盯著托爾的臉。

看著失去右眼的空洞。

「嘎哈哈！小鬼頭，一隻眼睛犧牲了啊。你肯定強硬打開『黑盒子』了對吧，也太艱辛了吧，特瓦伊萊特的魔法還真有夠耗能。」

「……」

我驚慌失措交互看著耶司嘉主教和托爾。

下一秒，我感覺氣氛突然改變，耶司嘉主教的表情變得認真。

「喂，你們兩個應該都很累了，但我們要快點去大燈塔那裡。」

「大燈塔？」

「你們還有工作要做。如果不想讓敵人繼續蹂躪這間學校，就跟我來。我帶你們到那個心機男身邊去。」

心機男……我一時之間摸不著頭緒，但我記得尤利西斯老師在燈塔那邊。

尤利西斯老師在那邊修復了遭破壞的魔法水晶，命令學園內的精靈們保護學生，不知道他現在是否平安。

「但、但是主教大人。我們已經幾乎沒有魔力了，不管要做什麼應該都需要魔力吧？」

我還以為耶司嘉主教會怒罵「有夠沒有用！」但他似乎有所理解，往他白色主教袍的大袖子裡不停摸索拿出什麼東西來。

是個圓滾滾，不可思議的果實。

「這、這是什麼啊。」

「你們大概一輩子無法想像這是多麼崇高的食物，這可是世界樹梵比羅弗斯的聖果。啊啊，梅・蒂耶。請您救贖因力量不足而悲嘆的羔羊吧。感激不盡、感激不盡……」

主教在胸前劃十字，朝小小的果實膜拜後，突然把果實往我和托爾的嘴裡塞。

「！」

我差一點嗆到地咀嚼著吞下果實。

李子大的小果實沒有籽，柔軟又多汁，一下子就吃掉了。

而且是酸甜充滿香氣的果實，口感類似剛採下的葡萄。

「咦……」

立刻體認到果實的效果。

令人驚訝的，身體的不適全部消失，我身上還來不及治癒的傷口也瞬間癒合。

魔力源源不絕地恢復。這不是奇蹟，那什麼才是奇蹟啊。

我親身體認到，被世上所有人推崇讚賞的神聖大樹並非空有虛名。

「啊，該不會托爾的眼睛也能恢復！」

我想著要是有這奇蹟果實的力量，連忙轉過頭去看托爾。

他的手摀住失去眼珠的右眼，接著慢慢移開。

但是，他的右眼仍舊是個失去眼珠的黑色窟窿。

「……怎麼這樣。」

「很遺憾，那不是單純的外傷。你應該最清楚這一點吧，托爾・比格列茲。」

聽見耶司嘉主教挑釁意味十足的這句話，托爾也只能沉默以對。

「這是魔法的『代價』，特瓦伊萊特的魔法是將空間剪下貼上，或是互相連接、跳躍，會弄得一團亂。在這個過程中，身體的一部分也可能會被弄到其他空間去。這不是治療傷口，想要取回不見的東西，就算是世界樹的聖果也辦不到。」

聽到這段話，我咬緊牙。

這是表示，托爾的右眼已經不可能再回來了嗎？

「但是，如果是那傢伙……或許能有辦法吧。」

耶司嘉主教眼神往一旁飄移，喃喃說了這句話。

——就在此時。

玻璃瓶工房外瞬間被強烈的光線包圍。

「！」

不曾聽過的奇妙聲音連續響起，在這非比尋常的魔力波動中，我們急急忙忙跑出玻璃瓶工房。

「那是……什麼……」

嚇一大跳。

一支巨大的光箭，插進飄浮在南側天空的大型移轉魔法陣中。

彷彿在天空中創造出裂縫。

巨大魔法陣從光箭射穿的地方逐漸崩落，彷彿天花板的壁紙剝落一般。

耶司嘉主教從懷中拿出類似望遠鏡的東西，盯著天空看。

「喔～那傢伙終於使出真本事了啊。」

「……那該不會是尤利西斯老師的力量吧？」

「是啊，那是心機混帳王子的魔法準沒錯。大概是結合了複數精靈的力量，用蘊含莫大威力的魔法去攻擊吧。從那個光箭的形狀來……是以月之大精靈阿提米絲的力量為基礎啊……啊，順帶一提，要破壞那個大型轉移魔法陣，本大爺也能辦到。」

「那你幹嘛不趕快去。」

托爾用帶有些微輕蔑的語氣問。

「笨蛋傢伙，因為要先讓學生先去避難啊。這是因為……」

耶司嘉主教把我和托爾的頭用力往下壓，當場蹲下來。

接著無詠唱，在周圍仔細布下魔法牆後說：

「想要破壞那種規模的魔法陣，絕對會引發大爆炸。」

耶司嘉主教說完的下一秒。

劇烈爆炸聲響起，天空中的大型魔法陣連續引爆。

難以想像的爆炸波和熱氣衝擊學園島。

耶司嘉主教的魔法牆相當堅固根本不為所動，這救了我們一命，但周圍的樹木和建築物全被炸飛，只有我們背後的玻璃瓶工房因為我們順便被保護，毫髮無傷。

我們靜心忍耐，等了一會兒，爆炸造成的衝擊逐漸緩和。

我急著抬頭看天空。

看見大型轉移魔法陣遭到破壞正逐漸消失，我鬆了一口氣。

但看見應該是特瓦伊萊特魔法師的人在旁邊交錯飛翔，他們是在幹嘛呢……

「哈哈，真沒用，敵人也手忙腳亂啦！趁現在走吧。」

「……主教大人，他們會不會再度展開大型轉移魔法陣呢？」

托爾冷靜地問。

我則是覺得不可能再度展開那種大規模的東西，但耶司嘉主教點點頭：

「有那個可能，敵人也早預料到那會被破壞了吧。如果想在戰爭中使用，他們應該也想確認再度展開需要花費多少時間。」

雖然這樣說，走在前方的耶司嘉主教露出無畏的笑容：

「但我們也不會坐以待斃。剛剛的光箭，也是學生全部避難完畢的暗號。也就是說……這是被譽為固若金湯堡壘的盧內・路斯奇亞的反擊狼煙。」

盧內・路斯奇亞的反擊狼煙……

我的身體因為興奮而不停顫抖，我用雙手抱住自己。

接著偷偷做好覺悟，下次絕對不能輸，絕對不會再犯傻。

重要之人就要在眼前被殺了，卻什麼也做不到……我再也不想要品嘗這種絕望的感受。

我們趁著這個騷動移動。

得要繞過整個沙灘，趕快前往尤利西斯老師所在的大燈塔才行。

但走在海邊不久後，開始對周遭的景色，感到一股難以言喻的異常。

我忍不住停下腳步，從海灘面向大海看天空，接著睜大眼。

「騙人的吧……」

天空——

染上無比豔紅，彷彿這世界黃昏的夕陽顏色。

現在時間，是才剛過正午的午後耶。

幕後　尤利西斯，射出月之箭。

我名為尤利西斯。

身為路斯奇亞王國的二王子，同時也是盧內・路斯奇亞魔法學校的精靈魔法學專任教師。

是五百年前的大魔法師「白之賢者」的轉世，但沒有學生知道這件事。

嗯，自己說自己是大魔法師也覺得很可笑啦。

「學生們都沒事嗎？」

我定期聽園藝師的精靈拉狐思來報告，遭受艾爾美迪斯帝國魔物攻擊的學園島的狀況。

「是的，大鬼差點闖入第一層迷宮，但在救世主愛理的精靈義芙的守護結界保護下，沒有人受傷。但有一個一年級生在地面遇到大鬼，身受重傷。」

「學生的名字是？」

「法蘭西斯・當尼，石榴石第三小組的學生。」

「……法蘭西斯……」

我對這個學生很熟悉。

那是由孤兒院的孩子組成的，勤奮的石榴石第三小組的一員。

其中法蘭西斯對精靈魔法學的學習態度充滿熱情，也很優秀。精靈魔法學的成績，是在第一名尼洛、第二名瑪琪雅小姐之後的第三名。

個性也相當溫和，也對動物及精靈展現出溫柔的興趣。

他常常來找我問不懂的問題，或是很想要摸摸幻特羅姆，記得也會拿牠最喜歡的餅乾來給牠。

那孩子在大鬼入侵之後，因為擔心在生活魔法道具競賽中優勝的魔法玩具，所以跑去他們使用的工房。

在途中碰到大鬼而被咬掉一條腿，立刻趕到的精靈救了他，雖然保住一命，卻受了失去一條腿的重傷。

每個人都會斥責他為什麼不避難吧。

但是，我可以理解法蘭西斯的心情。

用破銅爛鐵做出來的魔法玩具——那是那孩子和小組成員，以及尤金・巴契斯特這男人之間的羈絆的證明。

「還活著真是太好了，但是……」

讓一個學生受傷了。

雖然讓在學校裡工作的精靈全部去保護學生，協助學生避難，但我無法原諒自己。

如果讓任何一個學生死亡，那時就是我們的敗北。

——可恨的帝國。被當成傀儡的悲哀魔物。

帝國在研究轉移魔法的消息，正如我們從福萊吉爾皇國聽到的相同，但這個大型轉移魔法比我預想的更早完成。

「所以可以當成所有學生都避難完畢了嗎？」

「是的，所有學生已避難完畢，全身處安全圈內。只有瑪琪雅・歐蒂利爾沒有進到第一層迷宮避難，但她在耶司嘉主教的保護下，應該沒有問題。」

拉狐思繼續報告。

「現在，教師群與精靈們很勉強阻擋住大鬼了。梅迪特閣下與其他魔法藥學教師開發出的對大鬼用『毒藥』也出現很棒的效果。但接下來要與時間作戰，不知敵人的目的是否為將學校收入手中，沒有朝王都進軍的跡象。但要是這裡被攻落，會對路斯奇亞王國造成重大打擊。」

「那不可能發生，因為有我在。」

敵人的目的啊。

現在開戰還太早。但或許是想拿盧內・路斯奇亞的學生當人質，向路斯奇亞王國提出強人所難的要求。

或者是，想取救世主的性命。

或者是，想搶奪特瓦伊萊特的「黑盒子」。

或者是，想知道沉睡在這座學園島最深處的「祕密」。

或者是，在戰爭正式開始前，想要測試「我」的力量……

目的肯定不只一個吧。大概也想要實驗大型轉移魔法，或許打算依優先順序，盡可能達成最多目的吧。

「但話說回來……大規模轉移魔法還真是用預料外的方法來顛覆地利的東西呢。」

因為以學生的安全為最優先，而允許帝國的魔物與棘手的魔法師們闖入，但只要學生沒事，接下來想用怎樣的方法清除都行。

我上了燈塔，確認魔法水晶修復好之後的運作狀況。

魔法水晶正下方，有個顏色黯淡的神燈。

我用掌心摩擦神燈，從裡面冒出藍黑色的煙，一個非常老的老人的臉出現在煙霧中。這就是神燈大精靈吉恩。

「吉恩，你沒事吧。」

「真的太丟臉了，殿下，我沒資格當燈塔守護者了。」

吉恩非常沮喪。這外表是個偉大老人的大精靈，心理狀態有點不太安定。

「如果你也沒有辦法應對，那就束手無策了。因為精靈魔法和尖端魔法之間有點相剋。而且看起來，敵人相當熟悉這個盧內・路斯奇亞的結構。」

雖然我不太想如此思考，但敵人應該是透過身為盧內・路斯奇亞教師的尤金・巴契斯特得知學園島結界的構造，以及其弱點吧。

沒錯，盧內・路斯奇亞魔法學校也有守護結界的機能。

但那並非隨時隨地戒備，而是在發現有危險時，瞬時在所需的地點設置。

也就是說，因為地震的關係，結界功能集中在建築物周遭設置。

敵方就趁這個空檔，光速一擊破壞了燈塔的魔法水晶。

敵國重視魔法速度，聽說隨時都在追求速度，原來如此，在這種時候就會產生巨大影響啊。

而且說起來，可以做出這種絕技的，絕對是空間魔法的專家特瓦伊萊特一族的人準沒錯。

這次的地震大概也是他們人為引發的吧。

大魔法師——黑之魔王的後裔們。

使用黑之魔王留下來的技術，可以完成那種程度的大型轉移魔法，真的很值得讚賞。

如果他們不是敵國的魔法師，我真想要用力鼓掌。

「但是，想要驅動那個大型轉移魔法，到底要付出多少的魔力與多大的犧牲呢？吉恩，你知道想破壞需要多少精靈嗎？」

「想破壞需要費點功夫，但殿下的力量可能辦到。耗費最少魔力與魔法陣，且將對學園島的傷害壓到最低的方法是……」

吉恩算出使用在大型轉移魔法陣上的魔法與魔力量，導出破壞方程式。接著將方法顯示在修復好的魔法水晶表面。

「原來如此，月之弓箭啊。」

我點點頭，接著將魔杖往地面用力一敲，展開召喚魔法陣。

「貓頭鷹精靈幻特羅姆、棉花精靈利耶拉柯頓、月之大精靈阿提米絲……現在立刻到我身邊來。」

不久後，三位精靈在我面前集結。

「月之精靈阿提米絲，在此參見。」

「棉花精靈利耶拉柯頓，火速前來晉見。」

「貓頭鷹精靈幻特羅姆，隨伺在殿下左右。」

他們在我面前慎重其事地朝我行禮。

他們是過去，我還被稱為「白之賢者」時在全世界旅行中相遇，接著成為朋友的精靈們。

「大家，請把力量借給我。」

「遵命。」

接著，雖然平常都以無詠唱的模式進行，但只有這一次我特別意識著魔法的形式，自己的「名字」，詠唱咒語。

「尤里・由諾・西斯——乘法召喚——月之弓箭。」

精靈有許多種召喚型態。

他們原本是自然界的力量帶有魔法之後，接著擁有形體之物。

因此他們也可能維持著名字與概念，依照命令改變自己的型態。這需要大量修行以及與精靈間建立起良好關係。

找出複數種召喚方法，並且加以確立的人，正是五百年前的「白之賢者」。

其中結合複數精靈，創造出複雜魔法的召喚方法，就是這個乘法召喚。

我的面前出現了彷彿天空賞賜的上弦月般的白銀弓。

我將其高舉過大燈塔上方，朝著飄浮在空中的大型魔法陣擺好弓。

一拉由月光做成的弓弦後，彷彿濃縮月光的璀璨光箭現身。

一張、兩張、三張……約十張，分別賦予不同命令的魔法陣，在光箭指向的方向層層堆疊。

軌道由幻特羅姆調控，安定連繫好複數魔法的是利耶拉柯頓。

而以大精靈阿提米絲為基礎創造出來的月之弓箭，現在此時，朝大型轉移魔法陣射出。

光箭在空中射穿無數魔法陣，邊吸收那些命令，逐漸成為巨大柱狀物。

邊發出彷彿聖歌般，清澈高亢的聲音，劃過天際。

接著刺穿大型轉移魔法陣正中央，彷彿貫穿玻璃般，響起破裂的聲音。這個光箭開始改竄魔法陣中的重要魔法式，將其導向毀滅。

「啊，要爆炸了。」

正如拉狐思所說，最後會引發巨大的光爆炸。這個爆炸大概也會對利用大型轉移魔法陣連結的另外一頭產生影響吧。

熱氣和爆炸波甚至傳到這邊來。學園島應該也會受害，但學生已經全部在迷宮裡避難了，沒有問題。

「殿下，太精采了。」

在旁的拉狐思用力鼓掌。

可見光粒如施放後的煙火般，朝大海落下。

大型轉移魔法陣遭到破壞，在上空逐漸消失，但我仍盯著那一點看。

「還不能安心，雖然大型轉移魔法陣已遭破壞，這個盧內・路斯奇亞已經有無數的魔物入侵，只要特瓦伊萊特的魔法師還在，大概會再次展開那個轉移魔法吧。對敵方來說，這肯定只達到『試探我的力量』這個目的而已。」

沒錯，一次的破壞不過只是爭取一點時間。

這並非勝利，雖然大鬼不再無止盡降落，也可能殲滅學園島內的大鬼了……

果不其然，開始看見於上空再次構築出大型轉移魔法陣的徵兆了。

看見好幾個特瓦伊萊特的魔法師，在空中交錯飛翔正在做些什麼。

而且話說回來，大型轉移魔法陣遭破壞這種事，大概早在敵方預料之中。肯定準備好備用的魔法道具，可以再度展開大型轉移魔法陣。

「……是吧，我說的沒錯吧，特瓦伊萊特的魔法師啊。」

我慢慢回頭。

因為感覺背後出現了些微氣息。

那裡站著兩個身穿黑色長袍，臉戴鐵製面具的魔法師。

「哦喔，你果然發現了啊。」

這當然。他們以為我身邊有多少雙精靈眼睛盯著啊。

但特瓦伊萊特的魔法師，幾乎叫人噁心地淡然打招呼。

「第一次與你見面，路斯奇亞的二王子殿下。」

「真不愧是被譽為路斯奇亞王國最強的魔法師，破壞那個大型轉移魔法之後，仍一臉若無其事呢。」

「才沒那回事，再怎樣也稍微有點累。」

因為這種規模的精靈召喚，需要耗費大量魔力與魔法陣。

「那麼，你們哪位是『青之丑角』呢？到底想知道我哪些事？」

「……」

特瓦伊萊特的魔法師沉默一段時間。

「——要請你去死，為了帝國。」

其中一人鍊成雙刀，沒有回答我的問題直接朝我攻擊。

我以魔杖為盾防禦，在那之後，拉狐思從後方咬住敵人喉嚨，將他壓倒在地。

「嗚哦……」

我大步朝被大狐狸咬住的黑長袍魔法師身邊走去。

接著從正上方俯視他。

「愚蠢者，讓我將你煮成鍋中湯藥吧。」

我露出連自己也如此認為，很有魔法師風格的虛偽淺笑。

湖中的精靈們，

遭受欺騙後成為鍋中湯藥，

直到願意效忠於白之賢者——

「那首詩的『白之賢者』部分，我自己不太喜歡，但其中可以確定的，就是我連『人』也有辦法役使。也就是說，我能將有生命之物變成精靈。」

我從懷中取出小瓶子，打開蓋子。

「你、你打算要做什麼……」

的事。

「做什麼。」

「哇、哇啊啊啊啊啊啊啊啊。」

被拉狐思咬住的特瓦伊萊特魔法師，變成一縷絲線被小瓶子吸進去。

精靈是自然界帶有魔力時產生的具體呈現。

但是，想將人類與動物等等有生命的東西概念化，賦予他們精靈的型態，這是不可能辦到的事。

精靈化——這是僅有白之賢者能辦到的魔法，是我的祕術之一。

「哎呀，我會像這樣塞進小瓶子中，在鍋中『做各種處理』，所以才會出現那首諷刺內容的詩就是了。」

「『各種』是關鍵吧，啊啊，真是令人畏懼。位於門扉彼端的魔法師！」

拉狐思變回人形抱住自己身體，語氣滑稽地說。

我把小瓶子收進懷中，呵呵一笑：

「那麼，你只站在那邊看嗎？」

另一個特瓦伊萊特魔法師乖乖站在角落，接著才開始鼓掌。

「哎呀哎呀，被你嚇一大跳呢。你還真是有趣耶？」

「……有趣？」

「是的，在下一直認為三位大魔法師中『白之賢者』最為無趣唷？但似乎是誤會了……沒想到，你會做這殘酷且愉快的事情呢？」

接著腳步輕快轉了一圈，戴上藍色小丑帽，化身為毛骨悚然的小丑樣貌。

原來如此。這就是帝國的……青之丑角啊。

「我可不想被用鍊金術去做無數人體實驗的你們這麼說呢。就連那個轉移魔法陣，都不知道是成立於多少的犧牲之上……雖然我不想知道，但也能想像。」

我說完後，青之丑角摀住嘴邊，很故意地「呵呵呵」笑著。

接著就這樣帶著小丑面具，左右擺動身體，用著有點特殊的不安定口吻說：

「如果不做到攻擊傳說中的盧內・路斯奇亞魔法學校，帶給學生恐懼，幾乎就要攻落這裡的話，慎重如你應該不會使出全力吧。沒錯，這是奪取了尤金・巴契斯特的在下所做出的判斷唷。」

「……喔。」

「尤金對你十分了解，但再怎樣也在無從知道你就是『白之賢者』的轉世中過世了啦？」

「……」

「但是還很多還很多～你還隱瞞著什麼～這個學校的深處，在巨大巨大的門扉彼端，隱藏著三個寶藏～」

青之丑角唱歌、跳舞嘲弄著我。

接著，他腳邊開始群生藍黑色蔓草。

「那麼，就讓我們進入第二回合吧，白之賢者閣下。請千萬別讓在下失望喔？請讓在下玩得開心點耶？你要拿出真本事喔？我們這邊可是為此做了許多準備耶……」

青之丑角彷彿面對觀眾般深深一鞠躬後，被腳邊長出的藍黑色蔓草纏繞，如沉入沼澤般消失無蹤。

接著——

「哦……是特瓦伊萊特領域啊。」

我發現此處上空的天空，染上這時間絕對不可能出現的夕陽豔紅。

這是「黑之魔王」留下的祕術之一——故意創造出「夕陽時分」的空間魔法，特瓦伊萊特領域。

夕陽時分，據說是魔法師魔力最高，魔法效果約可增加三成的黃金時段。

竟然能故意創造出這個時段，還真是驚人。

只能說是相當優秀的空間魔法。

沒錯。這是過去……吾友「黑之魔王」相當擅長的其中一個魔法。

沒想到敵方有會使用這個魔法的魔法師。那大概是勒碧絲小姐的哥哥，所羅門・特瓦伊萊特所做的吧。

「咕咕，殿下，敵人打算利用夕陽時分再次展開大型轉移魔法陣喔。到時要再次用月之弓箭破壞嗎？」

「不，幻特羅姆。單純破壞只是沒完沒了，只是不停重複相同事情而已……而且，因為那傢伙的鬧劇，盧內・路斯奇亞的學生受創了。」

我慢慢抬起低伏的臉。

接著，握著魔杖的手慢慢用力。

「我怎樣都無法原諒只有我國、我校單方面受害，且在國民與學生心中留下恐懼。我可不是那麼溫柔的魔法師呢。當然，也得為我路斯奇亞王國向敵國要份伴手禮才行。」

「殿下，您打算怎麼做？」

吟遊狐狸拉狐思歪著頭問我。

「讓我們解開潘・法烏奴斯的封印吧。」

我毫不猶豫地宣示。在場的精靈們「喔喔」的睜大眼睛，但我原本就如此打算。

再過不久，耶司嘉主教就會帶「那兩人」來這裡。

那兩人手中握有解開盧內・路斯奇亞封印的鑰匙。

只要我們三人到齊，就能打開這五百年來，重重鎖上的門扉——

那麼，敵國的各位。

就讓你們看看沉睡在門扉彼端的魔法真髓、魔法深淵吧。

請將過去三大魔法師所創建的這間學校，會被譽為固若金湯堡壘的意義，好好烙印在眼中吧。

後記

好久不見，我是友麻碧。

首先，請讓我向大家鄭重地說「對不起」！

友麻上次說下一本是「下集」，但我預定要寫的故事內容又變得太多了，所以就變成現下此時相當罕見的「中集」了。

我會努力，盡快將「下集」的第五集送到大家面前的，請大家務必原諒我……（滑跪平伏在地）。

那麼。第四集提到的是，在盧內・路斯奇亞魔法學校一年的課業結束，告一段落的這天發生的大事件。封面明明那般溫暖輕鬆耶……

這是許多角色懷抱的狀況、想法浮上檯面，互相串聯起來的故事內容，所以也請大家千萬別錯過路斯奇亞王國篇集大成的「下集」。

接下來是日本版的宣傳單元。《漫畫版梅蒂亞轉生物語2》也與本書同時發售，正好是剛進入魔法學校的青澀瑪琪雅和石榴石第九小組的成員們認識時的故事。希望大家可以享受這美麗的漫畫。也希望大家務必看看，魔法學校裡深具個性的教師群的樣貌啊！

責任編輯，在撰寫本書時，時程安排上帶給您諸多困擾，真的總是非常感謝您。

負責繪製插畫的雨壱絵穹老師，這次是第一集以來，以男女主角繪製封面，真的非常感謝您描繪出「我就想要看到這個啊！」這般男女主角之間的一幕！還有許多角色希望可以在雨壱老師繪製的封面上看見，所以我會繼續努力下去！今後也請您多多指教。

接著是各位讀者。真的非常感謝您購買《梅蒂亞轉生物語4》，從網路連載版來看，這真的是個很長的故事，但能順利地繼續書寫下去，全都多虧了有所有讀者的支持。今後，希望大家也能持續守候故事的發展！

那麼，敬請期待在第五集中再會的那天到來。

友麻碧

國家圖書館出版品預行編目資料

梅蒂亞轉生物語．4, 門扉彼端的魔法師．中 / 友麻碧著；林于楟譯．-- 一版．-- 臺北市：臺灣角川股份有限公司, 2022.06

面；　公分

譯自：メイデーア転生物語．第 4 卷, 扉の向こうの魔法使い．中

ISBN 978-626-321-551-1(平裝)

861.57　　　　111006302

梅蒂亞轉生物語 4 門扉彼端的魔法師（中）

原著名＊メイデーア転生物語 第 4 巻 扉の向こうの魔法使い（中）

作　　者＊友麻碧
插　　畫＊雨壱絵穹
譯　　者＊林于楟

2022 年 6 月 15 日　一版第 1 刷發行

發 行 人＊岩崎剛人
總　　監＊呂慧君
總 編 輯＊蔡佩芬
特約編輯＊林毓珊
美術設計＊李曼庭
印　　務＊李明修（主任）、張加恩（主任）、張凱棋

台灣角川

發 行 所＊台灣角川股份有限公司
地　　址＊104 台北市中山區松江路 223 號 3 樓
電　　話＊（02）2510-3000
傳　　真＊（02）2515-0033
網　　址＊http://www.kadokawa.com.tw
劃撥帳戶＊台灣角川股份有限公司
劃撥帳號＊19487412
法律顧問＊有澤法律事務所
製　　版＊尚騰印刷事業有限公司
I S B N＊978-626-321-551-1